U0701739

张伟彬 —著

融

海天出版社
· 深圳 ·

图书在版编目（CIP）数据

融 / 张伟彬著. — 深圳：海天出版社，2020.8
ISBN 978-7-5507-2896-7

Ⅰ．①融… Ⅱ．①张… Ⅲ．①诗集－中国－当代
Ⅳ．①I227

中国版本图书馆CIP数据核字(2020)第066126号

融
RONG

出 品 人　聂雄前
责任编辑　南　芳
责任校对　万妮霞
责任技编　郑　欢
装帧设计　知行格致

出版发行　海天出版社
地　　址　深圳市彩田南路海天综合大厦7—8层（518033）
网　　址　http://www.htph.com.cn
订购电话　0755-83460239（邮购、团购）
设计制作　深圳市知行格致文化传播有限公司
印　　刷　深圳市希望印务有限公司
开　　本　889mm×1194mm 1/32
印　　张　9.75
字　　数　193千字
版　　次　2020年8月第1版
印　　次　2020年8月第1次
印　　数　1—3000册
定　　价　32.00元

诗歌，让我们在光明中融合唱响

张伟彬出诗集了，我们由衷为他感到欣喜。受伟彬信任，为诗集作序。伟彬结集出书，不仅是他个人之幸事，亦是光明人的骄傲。

伟彬第一次在光明诗友群出彩，是因为他的诗歌《古屋抒怀》获 2016 年《光明日报》"诗意·故乡"大赛一等奖。因为一首短诗，我们在远逝的乡愁里找到共鸣：

"思念在乡间游走，穿过那片杂乱竹林／记忆还是那么绿，绿无缝接驳旧堂光阴／老屋尘封的爱，已碎成满地乡愁／燕子如期归来，衔一帘斑驳梦／门前风脱一半的对联，悬挂灰白喜事／字里行间，平仄着爸爸从前书写对联的从容／土墙上的涂鸦，诉说着另一个淘气的闰土／奶奶从前房间，已倒塌了大半／时光没法修补／半漏阳光足以端详她慈祥面容／那是我记忆中最黑的老屋／奶奶常年咳嗽，咳得上面的长寿板油光发亮／咳得我们童年躲进迷宫。"

无论你是江南才子，还是塞北大汉，每个人都有自己的"老屋"，老屋里的旧时光会被一挂红色对联照亮，被照亮的还有屋檐下的燕子窝，土墙上、门柱上模糊着我们初学书写的文字，或者某一个人的名字：张伟斌，抑或张伟宾。

时光和阅历为一个人的成长和追求做了最好的注脚，它让我们认识了诗人张伟彬。

"我背着一个名字行囊行走江湖 / 在深圳与故乡之间，跋山涉水 / 这名字，只能砌一间不起眼的客家围屋 / 古旧张氏庭院 / 一半是故乡砖，一半是深圳瓦 / 几十年来，打捞身上所有词语 / 惟有亲恩最难忘 / 一个农民儿子，父母给不了诗意名字 / 父亲说，'伟'，平凡而伟大 / 多么质朴的愿望 / 彬，是我自己改的，读小学时 / 感觉有林有木有礼就成 / 反正不能成大器 / 比'斌'好写，比'宾'草根就好 / 父亲包容，就盯'伟字辈' / 原来也是一个血浓于水的宗族排名 / 锄头无须诗意，能翻土就行 / 流汗无须诗意，有收获就好 / 真实，简单，自然的我 / 梦里江南'伟彬'好。"（《"伟彬"的注脚诗》）

这，就是诗意。你可以理解诗意是激情电火，是优雅空灵，是眼泪，是歌唱，是乌托邦，是罗曼蒂克，但在伟彬这里，诗意是向美向善的朴素思想，是播在泥土里的种子，是淬火的生铁百炼的钢。而诗人，是一个文艺铁匠。

伟彬穿着印着"打铁文艺社"图标的T恤衫，与我们一起去采风，寻访人民艺术家赵树理的踪迹，领略太行山的巍峨风采，驰骋内蒙古大草原的辽阔，感受朱日和国庆阅兵的激动，我们为祖国河山的壮美、国力的强大而自豪、骄傲，在一个憨厚的打铁汉子那里，写在字里行间要比唱出来、舞蹈出来更容易。

"璩寨村，我轻轻走近你 / 村口的乡音 / 由远而近 /……匠人点燃炉火 / 一把把锋利菜刀 / 已打制成精品 / 一个深圳文艺社的铁匠 / 期待 / 用文艺的笔，换一个打铁的锤"，"如果敖包是首歌 / 我愿是骏马一支牧笛 / 转山转水转知音 / 蒙汉一

家／千古同唱／一曲华夏主旋律"，"每一片土地都是战场／
每一发炮弹都瞄准来犯之敌／演练是为了和平"。

　　这个"打铁诗人"是一个朴实朴素的人，他的诗句像他
的人：他欣赏风景，追求艺术，他必须生活在艰苦的平凡的
现实中，心中充满正能量；他向往光明，赞美劳动，渴望收
获；他不舍心中的梦想，深圳时光涵养着他的诗意。若论诗
意，应该先感谢生活给我们的"真意"。眼前有风物，心中有
感恩；望乡提醒我们珍惜，劳动让我们懂得尊重；草木给我
们心灵以芳香，给生命以启迪；游历让我们开阔眼界，见贤
思齐……这些都是伟彬即将付梓的诗集展示给我们的诗意。

　　伟彬有自己的诗歌节奏，他用打铁人的劲头夯实诗歌，
他不善于矫饰，不擅长隐喻，不苛求通感，不玄虚不潜意
识，但是他能做到诗言志，他呈现的是他所见所闻，所感所
思所爱。他写英雄，写荣誉，写自己的诗人梦。诗歌写作于
他不见得是自信，但绝对是崇敬，是热切：

　　"诗意的盆栽在我骨髓绽放／一朵属于清贫／一朵属于寂
寞／寄生悬崖的花／更能觊觎诗意的浪花／一个人徒步在诗的
边缘／左边是静，右边是闹／我是一个双重性格的人／梦中随
意的涂鸦／可圆我一个浮夸的梦／一个不很真切的诗人梦。"
（《我有一个诗人梦》）

　　不只是伟彬，每个因艺术陶冶情怀，抒发感情和理想的
人都有这样的惴惴不安和爱而不舍。因为这，在追求的路上
我们感受到纯洁与感动。不知道把诗歌写到什么程度算是优
秀诗人，但是能在诗歌的路上探索，与诗歌偕行的人，用诗
的语言临摹生活美好的人，一定是优秀的人。

这样的人，有一个就是张伟彬。

"诗歌，让我们在最好的年华相遇……世界诗歌日 / 我与你，一首短诗距离 / 世界，欠我一个转身 / 我欠你一个拥抱 / 今晚我枕着和平安睡 / 诗歌眼眸 / 藏一汪深邃的梦。"（《读一首诗，让时光安静》）从读诗到写诗，时光静好，无与伦比。作为同声相应、同心相知的文友，对于伟彬快乐的事儿，我们都应该在场。

诗歌，让我们在光明中融合、唱响，诗意让我们丰富、超拔。感谢诗歌，给我们一段安静；感谢光明，把这一切照见。

祝福伟彬和他的新诗集，这该是世界给他付出汗水的回报。让我们拥抱吧，拥抱充满诗意的生活，拥抱一首朴素而发于真善美的诗歌。

——孙明泉，《光明日报》融媒体中心主任，光明网副总裁、总编辑

全国各地 11 位"光明诗人"受邀参加山西长治 2016 年赵树理诞辰 110 周年诗歌
朗诵会

《光明日报》融媒体全国各地 12 诗友点评或寄语

上海诗友"歌若飞"贺伟彬诗集出版：

融

不夜城中打铁忙，
光明群里写华章。
采风长治初相遇，
内蒙重逢坐近旁。

咏

自然万象入诗行，
梦里江南是水乡。
节气循环情未老，
红棉礼赞放光芒。

颂

讴歌三百六十行，
地铁节拍字里藏。

志愿之光催奋进，
白衣天使暖心房。

游

近游即景小东江，
远步攀登大太行。
晨练梅林穿水库，
大鹏展翅任翱翔。

归

桃花唤起旧时光，
田野依然有稻香。
蒲扇轻摇童话梦，
教人怎么不思乡？

——葛东亚，现居上海，微信公众号"歌若飞"的创办人，坚持用原创格律诗分享亲子教育历程的"80后"，A&HCI（艺术与人文科学引文索引）收录期刊 *Leonardo* 的审稿人。

辽宁铁岭诗友"游泳的浪花"：

"贫穷能听见风声也是好的！"我喜欢这样的话，这才是诗意。听见风的心灵不贫穷，有诗意的心灵会少有窘迫。伟彬的诗风中有植物的拔节，花的芬芳，故园的梦呓，劳动的颂歌，远方的召唤……那不也是你我追求的吗？

——张靖，辽宁省作家协会会员，铁岭市作家协会及评论家协会理事，坚持"爱与美同行"，作品以诗歌、散文见长。有作品发表于《光明日报》以及各级文学报纸杂志。

山西长治诗友程江河：

生命如诗。读你，没有山的巍峨、海的波涛，血液与骨骼的韧性，潜入每一行诗句，记录下每一次通灵的遇见。

生活如诗。读你，景的风韵，人的温情，用善的心灵与美的双瞳，拍摄下瞬间的永恒，道尽常人柴米油盐的金璞。

诗者如诗。读你，诗的桑田，歌的委婉，背着行囊与信仰的行者，随着前行的身影，留给大地深深脚印。

一个告诫自己"莫留下错过花期的枯萎，莫留下错过年华的叹息"的诗者，让"一半故乡砖一半深圳瓦的古旧张氏庭院"，诗意盎然。

——程江河，山西长治人，山西省作协会员，长治市赵树理文学研究会会长。

江苏泗洪诗友阿光：

作为诗歌爱好者，和伟彬的相识自然离不开诗歌之缘。初识伟彬是在《光明日报》融媒体中心组织的一次诗歌活动中，他干练、活泼的性格加之那件带有"打铁"字样的T恤给我留下了深刻影响。作为深圳"打铁文艺社"诗歌创作人，虽身居闹市，却没有沾染上市侩浮躁之风，更多的是具有打铁艺人特质的敦厚朴实。

俗话说，文如其人。读伟彬的诗歌，总能从朴实的近乎口语的诗语中感受到一种对社会底层的关注和呐喊，如他的"致劳动者"系列诗歌，就是他对劳动者关注和讴歌的代表之作。我一直坚信，日常生活是一块丰厚的土壤，只有扎根这块土壤才能创造出贴近生活、贴近大众的诗歌作品，我们的作品才能迸发出多彩而深邃的艺术光芒，我想这也正是伟彬的诗歌能够具有广泛读者群和生命力之原因所在吧。

——陈光美，作品散见《星星》《参花》《华语诗刊》《光明日报》《诗选刊》等。获首届杨万里诗歌奖传统诗词优秀奖、上海市第二届诗歌节三等奖、《星星》诗刊社"金色年华"三星堆诗歌大赛优秀奖等。

山东青岛诗友"雪藏娟子"：

寄语伟彬诗集《融》，诗字左"言"右"寺"，感悟而语。伟彬的诗站在一个精神高度上。

《一个人的夜》，这首散文诗写出诗人小小的情怀，诗人在雨夜牵挂远方的伊人，不觉清泪满池。让人读后感触到诗人柔肠千转，至情至性！

《你走了，带走一部秘史》，2016年4月29日陈忠实先生去世。"小说是人类的秘史"，《白鹿原》精彩地描绘了历史进化的过程。作为陕西人我骄傲，我也羞愧难当，陈老去后我竟没有写出伟彬诗友这样的好诗悼念先生。

《敖包》，敖包在内蒙古人心中，是一座山，更是一种信仰，是指点迷津的路标。诗人带着同样的敬畏，用文字再度升华心中的崇敬之情。"长服与长裙，转情转意转轻柔""我愿祈祷世间平安幸福，转经转幡转经筒"。蒙汉一家上升到一个精神高度，赞！必须赞！

——蔡翠娟，曾用笔名蔡园，中国诗歌学会会员，陕西省铜川市作家协会会员，做过报社记者，现居青岛。作品见于《诗选刊》《光明日报》《渭南日报》等。

河南诗友赵大民：

和伟彬相识于山西长治，他言语不多，但话说出来总温暖人心。特别记得他买了一把打铁的小铁锤回深圳，于是他那个打铁文艺社，我记得很清楚，一如他的诗一样，就像打在我的心里。无论是《圣手打开山药蛋铁笔》，还是《长征，赤脚丈量一座丰碑》等诗，诗意都是那么纯粹纯正，养心提气。文如其人，好人好诗，祝福！

——赵大民，农民诗人，有200余篇（首）诗文在报刊、电台刊播，散文《乡村媒人》等被《读者》等刊转载，散文《故乡月，边疆月》获中宣部文艺局、人民网等联合举办的"我们的中国梦——讲述中国故事"文艺作品征集活动文字类三等奖。

江苏南京诗友"谁解杯中物"：

伟彬的诗朴实无华，其中的真挚和热情显然经过了生活的摔打和语言的锤炼，有些甚至远高于花哨的艺术技巧。这是一个"打铁"的伟彬，也是一个该点赞的伟彬。

——陈天虹，现居南京，诗人、摄影师、策展人，曾多次获得国内诗歌及摄影大奖并策划过大型展览，有诗作结集出版。

广东潮阳诗友"大海渔夫"：

与张伟彬相识缘于《光明日报》的内蒙古采风活动，他是一个充满活力的有激情的汉子，远离家乡在深圳生活的近30年间，进过工厂、做过生意、弄过文艺，这些经历给了他丰富的创作素材。伟彬是一个快笔手、多面手，他的诗涉及范围广，贴近生活接地气，诗歌有浓浓的生活气息，通俗易懂。创作上，伟彬也是一个有心人，生活中的方方面面都能在他的诗歌中看到影子，作品充满正能量。伟彬积极的生活态度、努力创作的激情、不断追求的精神是值得点赞的。

融

——郭勤亮，诗歌《海的思念》获《光明日报》"诗意2015"二等奖，出版诗集《大海情缘》和《午后的风雨》，现为汕头市作家协会副主席兼秘书长，中国诗歌网广东频道副站长。

广东诗友"青剑"：

伟彬是一位爽朗的南方客家汉子，他接触过许多行业并在基层工作过，因此他对生活的感悟更加鲜活和深刻。诗如其人是我对他作品的概括，翻开他的诗，许多作品都是最基础的生活写照，而不单是个人情绪的抒发，没有富丽堂皇的辞藻和过分的修饰，更多的是平实地描写，质朴是其本质，却能在本真的语言中体现不一样的诗意。许多人为了达到不一样的诗意而刻意构造出不一样的环境，刻意构造出让人摸不透的语言表述，这也恰恰丢掉了其最本真的出发点。伟彬的诗有其让人玩味的通俗感，也有接地气的亲切感，他的诗始终是生活中最实而不躁的那部分。

——谢海衡，中国作家协会中国诗歌网旧体诗编审、广东频道站长，中华书局"诗词中国"广东站站长，中国作家出版集团中华辞赋社"人民文艺为人民"公益活动爱心名家，受邀参加中央电视台第一届《中国诗词大会》。

《光明日报》诗友受邀参加赵树理诞辰 110 周年诗歌朗诵会、学术交流会及
采风创作活动等（山西长治 摄于 2016 年 5 月 27 日）

全国各地《光明日报》诗友受邀参加内蒙古自治区成立 70 周年采风及诗歌
创作活动（黄花沟草原 摄于 2017 年 7 月 30 日）

融

山西晋中诗友"心缘"：

以光明诗友的名义
——贺张伟彬先生第一部诗集付梓

    记得 2016 我刚在光明"入驻"
    故乡那浓浓的诗意已落下帷幕
    你深情的抒怀惊动了那幢老屋
    奶奶的慈祥连同咳嗽
    一起镶进了史书
    傻傻的我对陌生的伟彬
    升腾起无由的羡慕与嫉妒
    我以奔跑的姿势提速
    坚定地踏上光明之路

    白鹿原上忠实的灵魂走了
    那骨子里的秦腔却响彻云霄
    连环画里幽默的友直去了
    九十四载的童话依旧妖娆
    城里的贤妻城外的才女
    用眸子里的引力波诱导
    从容优雅地带走一个人的寂寥
    那双丈量过丰碑的赤脚
    是否也像俺，把诗意磨出了血泡

光明微友第一次潞城相聚
大峡谷里欢声笑语相随
客家人比俺早出生四天
头上已罩满耀眼光辉
你借山药蛋味儿圣手的笔
换回一把鹏城文艺的铁锤
你又马不停蹄去了漠北
将响沙湾流沙的歌声带回
如果云知道也会为你献上玫瑰

——韩俊红，山西教师，中华诗词学会会员，晋中中华文化促进会理事，寿阳诗词学会助理会长，《寿川诗苑》编辑，灵芝诗社社长。著有个人诗词曲选集《心语诗缘》。

黑龙江黑河诗友"嫦娥姐姐"：

深圳有个锤打诗歌的铁匠伟彬
——祝贺伟彬诗集付梓

三月，古屋抒怀
"十三五"，搭载我的中国梦
我有一个诗人梦
做邻家文字的老顽童
一个人的夜
读一首诗，让时光安静

桨声灯影慢悠悠
今夜，枕洁白的梦入睡

在北岛时光里，追日
春天，从深圳的橱窗里惊醒
长征，赤脚丈量了一座丰碑
雨巷，圣手打开山药蛋铁笔

哈素海，适合放牧一首诗
黄花沟，一匹战马越过草原
呼麦，一曲庆典的歌
艳遇杭州，为何一湖心事盛开
那散落的光线，是谁遗失的光阴

夫为围城，君倾城
你走了，带走了一部秘史
七夕，我在鹊桥上等你
又见炊烟，我只在乎你
烟花易冷红尘恋
相聚太短，剪一抹风景留存
只想静静陪你发呆
守候那一抹昏黄

在光明的罅隙里
偶遇他——打铁的诗人伟彬

　　明天，铁笔漫绘，描一幅城市七彩梦

——张红梅，黑龙江省黑河市一名教师，爱好诗歌，爱一切美好。

江苏南京诗友"愚公"：

铁匠诗人
——寄语伟彬

　　你在深圳
　　在中国的先锋新城
　　忙碌着铁艺
　　你抡起铁锤
　　通红又炽热的铁
　　逐渐形变
　　成了你柔美的诗行
　　你的汗雨掺和着
　　叮当有节的锤声
　　歌颂着我们时代
　　以及你热烈的青春
　　你是诗人

　　在光明群里
　　你行程匆匆

背负着阳光激情

长治、内蒙古大草原

都记载着你的风采

你灿烂的足迹

就像铁锤

敲击着大地

斩钉截铁的诗韵

你倾诉热爱

对生活的美好憧憬

诗人不再文弱

我们的时代啊

你挥动着笔

把铁打成了诗句

让我为你纵情

发出我内心的赞叹

恭贺你诗集初发

铁匠诗人——我的兄弟

——陈啸元，现居南京，企业管理职业经理人，喜读书、饮酒、围棋，性
情中人，豪爽干练，热衷于交结四方朋友，诗观：诗是人类文化艺术宝塔
塔尖的钻石。

目 录 CONTENTS

融

北岛时光（蛇口胡桃里）……………………………………… 2

光明，我以一首诗的速度抵达你……………………………… 4

打工诗歌在南科大……………………………………………… 7

我爱你浪尖上的诗行…………………………………………… 8

读一首诗，让时光安静………………………………………… 10

"三八"节中心书城下着玫瑰雨……………………………… 11

红茶时光………………………………………………………… 13

更衣记…………………………………………………………… 14

做邻家文字的老顽童…………………………………………… 15

铁笔漫绘，描一幅城市七彩梦………………………………… 17

"深圳名片——深南大道"（2 首）………………………… 20

　　深南大道，流淌笔直深圳梦 ……………………………… 20

　　深南大道，最长的深圳名片 ……………………………… 22

我有一个诗人梦………………………………………………… 25

明天……………………………………………………………… 26

深中通道动工有感……………………………………………… 27

龙年，诗韵的末班车…………………………………………… 29

春天，从深圳橱窗惊醒 ………………………………… 30

古屋抒怀 ………………………………………………… 31

你走了，带走了一部秘史 ……………………………… 33

三月，你随连环画归去兮 ……………………………… 34

"十三五"，搭载我的中国梦 ………………………… 35

夫为围城，君倾城 ……………………………………… 37

引力波，一个秋熟的苹果跌落 ………………………… 38

一个人的夜 ……………………………………………… 39

长征，赤脚丈量了一座丰碑 …………………………… 40

送红军 …………………………………………………… 43

雪山 ……………………………………………………… 44

圣手打开山药蛋铁笔 …………………………………… 45

晨光，牵引一条栈道伸向远方 ………………………… 49

山西长治印象（诗歌4首）…………………………… 50

　　璩寨村，献春天最后110朵花蕾 ………………… 50

　　璩寨村，我轻轻走近你 …………………………… 51

　　观世音，你我的光明使者 ………………………… 52

　　光明诗友用心连成诗 ……………………………… 53

哈素海，适合放牧一首诗 ……………………………… 54

敖包 ……………………………………………………… 55

响沙湾的沙子会唱歌 …………………………………… 57

黄花沟，一匹战马跃过草原 …………………………… 59

呼麦，一曲庆典的牧歌 ………………………………… 61

七夕，我在鹊桥上等你 ………………………………… 63

打马扬鞭，诗意内蒙古

（70 年，70 个关键词）第一期（10 首） ················· 64

  哈素海 ································· 64

  响沙湾 ································· 65

  康巴什 ································· 66

  黄花沟 ································· 67

  大召寺 ································· 68

  三娘子 ································· 69

  美岱召 ································· 70

  成吉思汗 ······························ 71

  朱日和 ································· 72

  好客 ·································· 73

教师节诗（2 首） ··························· 74

  家访 ·································· 74

  三尺讲台 ······························ 75

咏

咏荷（5 首） ····························· 78

  莲叶 ·································· 78

  莲茎 ·································· 79

  莲花 ·································· 80

  莲子 ·································· 81

  莲语 ·································· 82

自然（10 首） ···························· 83

  白云 ·································· 83

蓝天 84

雷鸣 85

闪电 86

雾 87

风 88

冰雹 89

雨 90

露 91

雪 92

梦江南（7首）... 93

江南古镇 93

江南雨 94

桨声灯影慢悠悠 95

艳遇杭州 96

西湖音乐喷泉 97

二月兰 98

西湖声声慢 99

节气诗（10首）... 100

端午 100

夏至 101

立春 102

春分 103

谷雨 104

大暑 105

立秋 106

冬至 ··· 107

小寒 ··· 108

清明 ··· 109

情（14首） ······································· 110

　等 ··· 110

　那散落的光线，是谁遗失的光阴 ············· 111

　雷雨之夜 ··· 112

　今夜，枕洁白的梦安睡 ······················· 113

　雨巷 ··· 114

　花烛夜 ··· 115

　烟花易冷红尘恋 ································· 116

　爱情标本 ··· 117

　光棍独白 ··· 118

　相聚太短，剪一抹风景留存 ················· 120

　今夜，一颗长庚星坠落 ······················· 122

　一座渣山的原罪 ································· 123

　圣诞，一片乌云飘过深圳蓝天 ············· 124

　又见炊烟，我只在乎你 ······················· 126

江湖令组诗（6首） ······························ 128

　记忆的江湖 ····································· 128

　流水线速写 ····································· 129

　我的江湖谁做主 ······························· 130

　打工江湖一二三 ······························· 131

　给江湖一个尺寸 ······························· 132

　过关，两个孤儿 ······························· 133

红棉礼赞（6首）• 135

棉絮，风留恋的一粒种子梦（生命篇）• • • • • • • • 135

红棉礼赞（圣洁篇）• • • • • • • • • • • • • • • • • • • 136

木棉花的春天（风骨篇）• • • • • • • • • • • • • • • • 138

木棉花，英雄骨朵（英雄篇）• • • • • • • • • • • • • 140

古今枝丫，最美不过木棉红（历史篇）• • • • • • • 143

木棉树素描（植物篇）• • • • • • • • • • • • • • • • • 145

植物篇（5首）• 147

古榕 • 147

紫荆花（花与国）• 149

夹竹桃（花与竹）• 150

最后一粒种子梦 • 151

八月桂花香（花与家）• • • • • • • • • • • • • • • • • 152

颂

志愿者之歌（2首）• 156

支教路上，被和平鸽包围 • • • • • • • • • • • • • • • 156

爱挺进大凉山区 • 157

致敬劳动者（7首）• 159

河道保洁员 • 159

外墙清洁工 • 160

公交车司机 • 161

乘务员 • 163

供电检修员 • 165

健身教练 ·· 166

消防员 ·· 167

教师节（3首） ··· 168

感恩有你，我敬爱的好老师 ···························· 168

批改作业 ·· 169

美术教师 ·· 170

始终有一首动人的歌属于劳动者 ·················· 171

龙井路，面馆藏着"京"味儿 ······················ 173

龙华匆匆，十年执法路 ···························· 175

地铁组诗（5首） ··································· 176

留言墙 ·· 176

地铁9号线 ·· 177

地铁 ·· 178

快乐地铁工人 ··· 180

地铁人的美 ··· 181

生命在这里诞生，幸福从这里启航（5首） ········ 182

生命篇（生命在这里诞生） ···························· 182

产科，值守生命诞生的分分秒秒（送给产科） ········ 182

圳奇，一次爱的生命奇迹（送给新生儿科） ·········· 185

启航篇（幸福在这里启航） ···························· 187

三十年，一个如歌的梦 ································· 187

奉献篇（爱的奉献） ···································· 189

爱在左，理解在右 ······································ 189

游

狮子岛诗三首 ·············· 194

    沙滩 ·················· 194

    贝壳 ·················· 195

    狮子岛 ················ 196

阳朔，偶遇一克拉的夜 ········ 198

只想静静陪你发呆 ··········· 199

龙川，有我们心连心的兄弟 ····· 200

赵佗像 ················· 201

佗城骑楼 ················ 202

守候，那一抹昏黄 ··········· 203

小东江即景 ··············· 205

平峦山，偶遇一场斑驳梦 ······· 206

四季，总一种凄美滑落 ········ 209

相约旗袍 ················ 210

芭堤雅，有风筝的念想 ········ 211

夜与梦 ················· 212

十月，粉红的回忆 ··········· 214

骨髓，有一种传承叫国学经典 ···· 215

有一种传承叫孝德流芳 ········ 217

辽宁舰，我为你骄傲 ········· 219

骨肉情深，携手同行紫荆梦 ····· 222

一粒种子，装一个不平凡的中国梦 ·· 224

白水仙瀑，横亘北回归线的一帘梦 ·· 226

重踏太行山先烈足迹 ········· 228

梅林诗歌（5首） ······ 230

　　梅林新貌 ······ 230

　　走梅林绿道 ······ 231

　　平凡脚步，走伟大行程 ······ 232

　　梅林老手艺人 ······ 234

　　三圣宫庙会 ······ 236

大鹏组诗（5首） ······ 237

　　大鹏，衔一粒山海明珠 ······ 237

　　地质公园，一座大鹏时光博物馆 ······ 238

　　大鹏，一片任你翱翔的净土 ······ 239

　　大鹏所城，筑一首首民族英雄赞歌 ······ 241

　　较场尾，送一桌免费发呆 ······ 243

归

父亲的田野 ······ 246

回乡，跟着妈妈的银丝 ······ 247

回家 ······ 248

生命水域 ······ 250

乡野的风 ······ 252

木偶 ······ 253

望乡 ······ 254

梅江，从客家人心坎流过 ······ 255

"伟彬"的注脚诗 ······ 257

秋之挽歌 ······ 259

桃花，一朵母语在我耳边响起 ······ 261

送母亲一首诗 ·· 263

父亲，你有个亲切名字叫爸爸 ······················ 265

父爱，串联成一个钱包 ································· 269

四月，风从故乡来 ······································· 271

蒲葵扇，轻扇妈妈摇篮曲 ···························· 272

童年垂钓 ·· 274

六一，旗帜下的花朵 ···································· 275

中秋，打捞一笼月光给故乡 ·························· 276

童年，山那边有个太阳 ································· 277

偶遇，在二十年后某个拐角 ·························· 279

思乡曲 ·· 280

后记 ·· 283

融

北岛时光（蛇口胡桃里）

北岛来了，文艺青年吹响集结号
以飞鸟速度占领蛇口半岛
胡桃里拥挤成小胡同，从容的读者不再从容
心情已成一杯速溶咖啡
我以最后一名朗读者的名义
站在一首诗的门槛上
卑鄙是卑鄙者的通行证
高尚是高尚者的墓志铭
与北岛一起重温经典
从门缝里感受新诗的微澜与觉醒

诗歌也许是不会中风的
但站在一座孤岛上久了
梦呓难免缥缈
与诗人不很流畅的交流中
感受到诗歌曾经的徘徊与辗转
生命怕诗歌走了调
黑暗却焊住了灵魂的银河

鹏城大街小巷
都在倾听诗人的每一次脉搏跳动

一个觉醒的诗人
接受了飞鸟的纸笔
一个孤独的剑客
在诗集里刻下一个不苟言笑的名字
北岛
也许是南方夏天签下的最后一个秋词

光明，我以一首诗的速度抵达你

光明，我想坐你名字的小船抵达你
抵达你的山清水秀
抵达你的瓜果飘香
我以龙眼、芒果、黄皮和甜玉米私藏秘密
抵达你的舌尖
抵达你的烧鹅与腊肠
抵达你的韵味悠长
如果可以
我随舌尖的万亩荔园抵达你

光明，我想借茅洲河的流水抵达你
生态愿景里的都市农业
原生态旅游
早已插上白鸽翅膀
喜欢奶牛咀嚼声修饰牧场
我想以滑草场秋千的童音
抵达你的回归亭
我想以喜欢杭州西湖的百分比
喜欢你同面积的光明水库
我想以马田内衣的诱惑

及雪仙丽、YKK 的体温
抵达你的天鹅湖
抵达你 156 平方公里的肌肤
如果可以
我愿拥千亩花卉芬芳抵达你

光明，我以光阴速度解读你
了解你的前世今生
了解你的历史、文化与科技
记忆打马归来
用心丈量你每一寸土地
借东经 113°54′44″抵达你的繁华
借北纬 22°46′34.22″抵达你的僻静
我想飞跃"光明顶"
抵达你的过去、现在与将来
如果可以
我愿乘光明城的高铁抵达你

光明，我想坐高新技术轮渡抵达你
我喜欢以玉塘模具的铿锵

融

赞美马田钟表的精准
我喜欢用飞亚达、依波、天王表时刻表
铭记凤凰高科技企业
铭记华星光电、欧菲光
如果可以
我愿以一首诗的速度赞美你
抵达你"光明"的诗意

打工诗歌在南科大

诗歌骑着骏马从北方载誉归来
风尘仆仆追赶南方夏天
专列里的打工诗人飞进南科大
就当诗歌与象牙塔的一次联姻

一场诗的时装秀闪亮登场
郭金牛《许·白纻裙》，虚构了一帘情话
邬霞《吊带裙》，一滴汗水透亮了流水线芳华
唐诗的《白衬衣》洁白洁白
白得张华的《老屋》亮开了花
书法、朗诵、古筝甘做配角
今天打工才是诗的主旋律
诗歌已找到了回家绿道

我爱你浪尖上的诗行

我爱你浪尖上的诗行

诗行青草青，艾草的青

诗行黄河黄，黄皮肤的黄

今天，105 道年轮诗，篆刻在墓碑上

时间是一条河，沉淀了沙砾

但拦不住波涛汹涌

难忘血与火的抗争

难忘牢狱的风雨洗礼

你从伤痕中站起来

走向街头，拿着诗匕首

投入了一场没有硝烟的战斗

我爱你浪尖上的诗行

正如延安爱你彩色诗一样

你不姓蒋，也不姓资

你用大堰河母乳喂养

在娘胎三天三夜里

酝酿了一个艾时代

你骨子的红色

浸染了一首又一首不朽诗歌

你，接过黎明通知
点燃了革命火种
你的诗照亮了千家万户
埋葬了黑暗旧世界

我爱你浪尖上的诗行
这些诗太长太长，容下整个故乡
容下故乡归来的歌
容下春天的旷野，容下冬天的沼泽
容宝石的红星，容黑鳗和太阳的话
容毛泽东的火把，也容吴满有的劳动
今天我要高举你的诗章
大声歌唱：
为什么我的眼里常含泪水？
因为我对这土地爱得深沉……

读一首诗，让时光安静

时光泉眼，喷涌一排静好歇后语
诗歌，让我们在最好的年华相遇
海纳百川的钟声
向不同肤色诗朋友
祈祷世界安好

读一个人，让世界窒息
安静如你
一个水做的温婉词
世界诗歌日
我与你，一首短诗距离

世界，欠我一个转身
我欠你一个拥抱
今晚我枕着和平安睡
诗歌眼眸
藏一汪深邃的梦

"三八"节中心书城下着玫瑰雨

今天天空纷下玫瑰雨
因为"三八"节天空有媛色云

邻家半边天真蓝
蓝成一朵朵嫦娥，飘进天空扉页
中心书城墨香，生发一页页李清照诗词
大地忘记呼吸。原生态绿色动词
不停地从时光隧道溢出
一个粉红色诺贝尔文学奖，一个优雅转身
一个窈窕女子，一次粉墨登场

女子女子你过来吧
这是一次空前月光宴会
一朵菊从广州出发，一朵梅从龙华飞来
高铁早已以玫瑰花速度
抢占少年宫地铁站 D 出口

男子男子你过来吧

这里天空有你一抹蓝色妖姬

玫瑰正用文艺的羞涩，回眸红酒与咖啡

一场红色拥抱，搭配一排雄性掌声

给优雅女子，献 90 度媛致敬

红茶时光

大浪清澈，足够泡一壶龙华好时光
文化茶座
长嘴壶倾泻而出
澜浅情浓，滴水不漏
茶香袅袅，沸腾了文艺青年热血
深圳诗人的一场文学邂逅
在茶中虚度
文化大浪越发汹涌了

更衣记

以更衣为名，鹏城文艺换了新装
锦玺唐，一幅浓缩水墨中国
旗袍，玲珑了汉唐
长服，风骨了华夏
传统与现代，时尚与古老
在文艺精英话匣子里各抒己见

做邻家文字的老顽童

一个老顽童，一个喜欢文字的老顽童
以前生活压迫我的神经
我文学的梦，腰椎间盘突出了
嘎吱一声，我听到了骨头脱节脆响
沧桑一下眷恋了
我的脸 、我的手、我的腰身
有幸来到邻家，进行文字牵引理疗
我康复了。诗歌已植入我腰椎
小说渗透我脊髓
我扶靠邻家文字神奇般地站直
直得高耸入云
我在云中呐喊
我要做邻家文字老顽童

老顽童有个老不死梦
希望带着文字梦想出发

融

用自己苟且身躯发酵更多阳光、氧气和水
通过城市脉搏
传递给邻家心灵花园

今天我吹着文字口哨
参加邻家文学派对
派对上你我她
齐声唱响城市宣言
这是一次文字的集体亮相
它宣告
一个文字的春天已来临
一出文学的华彩就此开幕

铁笔漫绘，描一幅城市七彩梦

艺术之花，点缀新梦
一群文艺铁匠
用铁笔
圆一个七彩梦
城市漫想，筑梦铁岗
创意漫绘，筑梦西乡

祥云处，一朵绿色梦
打马铁岗水库而来
它，镶嵌碧水与蓝天
火红日子
在省级宜居社区绽放
世纪掌纹
紧握百姓福音

福音处，一朵蓝色梦
打马铁岗大厦而来
旧楼新颜里
十二生肖，十二种祝福
文明赞歌
飞入寻常百姓家

落地生根，开花结果

沃土里，一朵红色梦
打马铁岗碉楼而来
百年沧桑
多少抹不去的历史痕迹
古韵新歌
奏响建设家园号角
古赋新貌
一曲《铁岗赋》
越唱越响，越唱越亮

歌声里，一朵金色梦
打马从桃花源而来
科技创新园
高科技产业，一个接一个
在这里孵化成功
东江环保、华测检测、格林美、瀚宇药业
企业上市梦
一朵朵绽放

城市梦，从远方归来

宝安铁岗

深圳画廊冉冉升起的一颗明珠

一群涂鸦艺人

正在创意一个城市关键词

——漫画村

它将打包城市漫想

包括文明、科技、创新、宜居、环保、友善等

一并涂鸦于铁岗

一并涂鸦于深圳

深圳宝安铁岗村 摄影 / 芒果

"深圳名片——深南大道"（2首）

深南大道，流淌笔直深圳梦

改革开放一声春雷
闪电般劈开了一条笔直大道
深南路是它乳名
深南大道是它响亮名字
改革琴音，弹一曲繁忙而火热的世界

一条大动脉，自东向西蔓延
它挣脱城中村枷锁
穿过城市脉搏与心脏
尘封已久的心灵
在大道两旁次第开放

沧海桑田，农民洗脚上田
春天的故事
从深南路出发

社会主义大道在深圳

越走越宽

改革路上的"十里长街"

汇聚各地寻路者

他们在探索，他们在奔跑

他们在冒险

他们在圆一个美丽的梦

一个深圳梦

一个中国梦

深南大道，最长的深圳名片

深圳，中国改革开放的城市名片
深南大道，最长的深圳名片
一条流光溢彩的梦
在城市种下
罗湖、福田、南山
三颗彩色种子
奏一路凯歌
深圳大学、科技园
一栋栋高科技建筑拔地而起
世界之窗、欢乐谷、华侨城、锦绣中华、民俗文化村、园博
园、香蜜湖、水上乐园
一个个大型景点映入眼帘
市民中心、邓小平像、中信广场、地王大厦、世界之窗
一座座代表性观光景区
吸引中外来客

瞻仰伟人，都有一颗崇敬的心
与300平方米的小平像合影
倾听时代强音
"不坚持社会主义，不改革开放，不发展经济，不改善人民
生活，只能是死路一条"
华强北，客似云来

电子大厦，雨后春笋
一栋栋，一层层
东门商圈，人流如织
吃穿住行的深圳梦
一站式抵达

1979 年，600 硬汉用铁锹与镐头
撬开一条 2.1 公里沥青路
汗水，一寸一寸挥洒
希望，一锄一锄实现
上海宾馆成了新坐标
一桥飞架，6.8 公里的深南路
"深南大道"这个响亮的名字
在祖国广袤大地不胫而走

1994 年，25.6 公里的深南大道全线贯通
"深圳八景"，深南路上一路精彩
2006 年
"深圳第一路"，用第一缕晨光接驳东莞

特区一体化，迎来"神州第一街"
60 多公里深南路

融

编织了一幅锦绣画卷
木棉花、簕杜鹃
一簇簇，一朵朵
如深圳人笑脸
镶嵌在深圳名片上

我有一个诗人梦

诗的刻刀，留下一株株罂粟般的绿
那是懵懂而青涩的梦魇
年轻的梦易碎
在针尖的瞳孔中肉搏
那片隐喻的云
在诗的毒液里升腾
诗意的盆栽在我骨髓绽放
一朵属于清贫
一朵属于寂寞
寄生悬崖的花
更能觊觎诗意的浪花
一个人徒步在诗的边缘
左边是静，右边是闹
我是一个双重性格的人
梦中随意的涂鸦
可圆我一个浮夸的梦
一个不很真切的诗人梦

明天

踩着昨天低飞的翅膀
今天仅是只侧身而过的鸟
日夜兼程
朝着明天梦的方向

明天应该是蓝色的
也许是那片蔚蓝天空
明天应该是广阔的
也许是那片湛蓝海洋
明天是个大熔炉
让心中无数个太阳熊熊燃烧
希望的光和热，那烧不完的篝火
就让梦与希望，继续展翅高飞

深中通道动工有感

20 公里隔海相望
不算太长
17 年等待却太长太长
伶仃洋叹息
珠江口愁肠
堵了半小时直通车
深圳人、中山人
两个能相望不能执手的弟兄
今天笑容
终于云开见日出

断裂的天涯路就要通了
迫不及待地
到伟人故乡走一走

融

舌尖上鱼米之乡
小平手植树
两个高尚灵魂
又给两个城市
搭建了一座直通桥

深圳前海 摄于 2017 年 1 月 26 日

龙年，诗韵的末班车

2012 年酝酿的最后一首诗
夹着龙尾巴余威
把我狠狠甩进
华强北最后一班地铁里
诗意哒哒
浓郁酒蛊
无数贪吃猴
试探南方冬天

脚步匆匆
岁月斑驳的诗篇
一页翻一页
一首接一首
镶嵌的流年
搭上诗韵末班车
梦里开花的唐诗宋词
平仄你我的梦
无数炽热的中国梦

春天，从深圳橱窗惊醒

商场玻璃橱窗，飞来几只燕子与蝴蝶
蝴蝶在塑料花上歇息，真假难辨
燕子贴着橱窗展翅
春天生机，一下子从橱窗跃出

是谁派你们来装扮春天
燕子说，是妈妈
蝴蝶说，是春天花蕾
看，春天不停地从燕子呢喃里坠落
春天不断在蝴蝶翅膀里翻飞
蝴蝶说
春天我爱你，我要为你跳一曲芭蕾
燕子说
妈妈我爱你
春天，已从深圳橱窗里惊醒

蝶（深圳塘朗山 摄于 2017 年 7 月 9 日）

古屋抒怀

思念在乡间游走，穿过那片杂乱竹林
记忆还是那么绿，绿无缝接驳旧堂光阴
老屋尘封的爱，已碎成满地乡愁
燕子如期归来，衔一帘斑驳梦

门前风脱一半的对联，悬挂灰白喜事
字里行间，平仄着爸爸从前书写对联的从容
土墙上的涂鸦，诉说着另一个淘气的闰土
奶奶从前房间，已倒塌了大半
时光没法修补，半漏阳光足以端详她慈祥面容
那是我记忆中最黑的老屋

奶奶常年咳嗽，咳得上面的长寿板油光发亮
咳得我们童年躲进迷宫

故乡老屋

你走了，带走了一部秘史

你走了，带走了一部秘史

静静的，没有惊动白姓

没有惊动鹿姓

也许躲到老白杨树背后去了

初夏，乡村的宁静

瞬间被打破

古稀年，两鬓已白发

满脸的沟壑

告别忠实的灵魂，告别白鸽

告别四妹子

白鹿原黎明在呐喊

你骨子里秦腔

一直响彻云霄

（诗中暗含陈忠实先生的作品《乡村》《到老白杨树背后去》《白鹿原》《初夏》《告别白鸽》《四妹子》）

三月，你随连环画归去兮

三月未走，你却走了
讲好的连环幽默呢
你去了，嘴角上的线条
早已凝结
涂鸦了一生，山乡已巨变
朝阳沟变了，老房子没有变
30 平方米
足够你谈一世情与爱
那是你与连环画的秘密

一个爱喝酒
喜欢夹带英文讲冷幽默的匠人
灵魂已连升三级
94 载，太长
长得你画完了世间的三百六十行
94 载，太短
短得只有一本小人书

"十三五"，搭载我的中国梦

"十三五"，搭载我的中国梦
创新，让高铁插上翅膀
绿色环保，一条小康快车道
协调发展，跨越南方与北方
一个和平共享的世纪梦
倾听长江与黄河
五个理念，五张蓝图
水更清，天更蓝
住房无忧，荒漠变绿洲
"十三五"，让梦舞动全球
舞动五十六个民族
"一带一路"的列车，正在提速
五年计划，五首赞歌
华夏大地，星光熠熠的版图

融

大数据列车，跨越时空
从南到北，从西到东
奔驰在祖国的山山水水
你我的中国梦，已按下快进键
你我的中国梦，绽放于互联网

摄影 / 黄滨娜

夫为围城，君倾城
——送别杨绛先生

夫围城
烤着伊人之火取暖
爱情熊熊燃烧
点燃了百年坚贞

君倾城
城里一个最贤的妻
君倾国
城外一个最才的女

你骨髓里的从容
和谁都不争
你骨髓里的优雅
和谁都不屑
你钟爱大自然
钟爱艺术
钟爱《我们仨》

引力波，一个秋熟的苹果跌落

你眸子那股引力波
一亩沼泽蔓延
温柔乡的青蛙
任人切割
想象中你绵延身段
秋波一样长
足够揉皱那潭秋水
时空涟漪
你黄金分割般的微笑
偶遇的磁铁
一条丘比特磁力线
撩拨千年童话
引力牌的牛顿电台
正在滚动播报麦浪
生命情感波段
不知不觉
引诱了一个秋熟的苹果
跌落黑洞

一个人的夜

夜寂寥，萤火虫含来了漫天星光
想象自己是天河中最亮的那颗
这是属于一个人的夜晚，谁也别打扰
我淡淡的哀愁，是触及月亮温柔的手
我浅浅的忧伤，是星光熠熠的版图
这多情的夜，注定是个滂沱雨
它冲塌了漆黑坚贞
一道闪电点亮了风的眼眸
雷鸣撕裂了夜空，心扉决堤

惦记着远方的你，不敢安睡
怕外面疯涨的水把你淹没
也许你在读诗，从黑暗里读出光明
也许你把盆景搬入室，叶子梨花带雨
雨已洗刷出夜的真心
相思卷珠帘，为伊一池清泪

长征，赤脚丈量了一座丰碑

长征，赤脚丈量了一座丰碑

二万五千里山和水

围追堵截的云与月

一支军队，不惧穷困饿

用生命大写历史

爬雪山，过草地

嚼草根与树皮

一双飞毛腿脚，两把钢刀穿插

十倍甚至几十倍敌人炮火

怎能阻挡血肉之躯

湘江、乌江、金沙江、大渡河、赤水河……

没有比脚更宽的河

越城岭、大娄山、六盘山、乌蒙山、大雪山、大别山……

没有比脚更高的山

日子，血雨腥风

多少年轻生命

被沼泽吞没

多少高举党章的手

在风中凝结

尸骨铺垫的苏维埃政权

一步一步走向胜利

赤脚走出的真理

在雪山之巅的信念中

在斑驳草地的血迹中

枪林弹雨的烽烟，穷追猛打

镰刀与锤头

擎起一部革命的英雄史诗

大刀与旗帜

留存红军最后一滴血

从赣南到陕北

生命是一个减号

从 34 到 36

胜利何尝不是横跨 11 省份的感叹号

在困难面前

红军说得最多的一句就是

只要跟党走，一定能胜利

雪山无言

长征就是宣传书
草地静默
长征就是宣传队
沼泽呐喊
长征就是播种机

红军长征，震撼世界
红星闪耀，照耀中国
红旗猎猎，闪亮你我
西行漫记，红星何以照耀中国
一个叫斯诺的外国人读懂了长征
世界也读懂了长征后面的中国

80 年前壮举，感天动地
80 年后新长征，我们重拾记忆
先烈足迹里的红色故事
属于一个伟大时代，属于红色中国
一个亲切声音在耳边响起
新长征路上，不忘初心
传承就是最好的纪念

送红军

于都河畔，红旗一路向北

风萧萧，马萧萧，八万雄狮人马壮

山一程，水一程，八百船工送红军

没有浮桥，苏区人们的门板和床板做浮桥

没有桥梁，苏区人们的寿材做桥梁

八渡口，起航希望的风帆

依依不舍的乡亲们，满渡口心事

母送子，送草鞋与干粮

孩子，一定要尽快回来

妻送夫，送叮咛与祝福

融

雪山

没有一座山，可以这样白
它用红军鲜血点缀
没有一座山，可以这样高
它用革命真理铺垫
不是每座山都能叫夹金山
不是每一次会师都叫懋功会师
雪山，长征路的白色诗章
眠山过后，一首柳暗花明的诗

圣手打开山药蛋铁笔

圣手打开山药蛋铁笔
赵树理，你用折断的两根肋骨
接驳名字
一个贫苦农民儿子
一辈子
用赤诚丈量
华北农村变革的篇章
晋东南山水
滋润了一个硬骨头代名词
文艺创作的试验田
充盈沁水的每个细胞

乡土日子，收获泛黄
三里湾庄稼奏了凯歌
一个尉迟村人
把上党梆子敲得山响
一个树理树德也树人的楷模
名正言顺地
敲进文字丰碑里

历史，最终是公正的

李有才学着与正义之剑对话
小字辈唯有斗智斗勇
迂回甩出的快板诗
两把利刃出击
刺破了"模范村"肥皂剧
丑陋尾巴逃之夭夭

清凌凌的水，蓝莹莹的天
羞答答的小芹
静候心中的黑哥燕归来
抗争的爱情河
流淌着山乡巨变的海量文字
自由与坚贞清澈见底
清得
封建枷锁无处躲藏
清得
旧思想灰飞烟灭
历史犁铧
又一次成功抵达太行山彼岸

64 年的文化苦旅

用生命放牧

64 年的荣辱与共

用铁肩歌唱

你折翅的铁笔

封存于历史八音盒

无声无息便成永恒

归宿

另一个魂魄高处——灵泉洞

一个

甘愿做地摊文学的现实主义作家

一个

主动放弃双重补贴的模范党员

一个

坚持讲真话

打断骨头不写违心话的铮铮汉子

一个

疏忽了小家，成就"大家"的革命者

为理想，为真理，为祖国

甘愿牺牲自我

你平凡而伟大的名字

融

将与你灵魂一样

永远

矗立于晋冀鲁豫边区

矗立于蓝天白云间

矗立于祖国的山山水水

赵树理110周年诞辰，长治文联、赵树理研究会及《光明日报》融媒体中心等代表前往敬献花圈

晨光，牵引一条栈道伸向远方

晨光，牵引一条栈道伸向远方
霞光万丈
撩起几多遐思
海岸线曲折
勾勒深港大桥桩船
深圳脚步
追光逐日

骑车晨练，畅想跨海大桥
与心爱的人一起追日
追到海角天涯
美好故事
从这里扬帆启航
诗和远方的国度
住着我的第二故乡
特区打工生活
潮起潮涌

山西长治印象（诗歌 4 首）

璩寨村，献春天最后 110 朵花蕾
—— 纪念赵树理 110 周年诞辰新馆落成

我想留住春天
和春天侧身而过的背影
我想接近诗意
和诗意绽放的鸢尾花
今天，一列开往长治的列车
搭载光明浓情
一群赵树理故居朋友
为迎接我们
刻意把春天留住
璩寨村
把春天最后 110 朵花蕾
献给赵树理纪念馆
献给永远的赵树理

赵树理纪念馆在璩寨村落成典礼。《光明日报》融媒体中心记者及诗友与赵树理后人合影

璩寨村，我轻轻走近你

璩寨村，我轻轻走近你
村口的乡音
由远而近
算好一首诗的时间
迎来远方客人
握一握大哥的手
拉一拉家常
尘封记忆
打开山药蛋的话匣子
赵树理足迹
在张家老屋
在赵家玉米地
看看璩寨小学国旗
看看贾氏打铁铺子
门口爆米花
放了礼炮
匠人点燃炉火
一把把锋利菜刀
已打制成精品
一个深圳文艺社的铁匠
期待
用文艺的笔，换一个打铁的锤

观世音，你我的光明使者
——送光明诗友长治采风行

观世音
慈怀人间一切
现如来
洞察世之万物
紫竹林吹来的佛风
吹醒大地
梁庄观音堂
走过了战乱与动荡
古老华夏
一切尘世繁杂
皆降伏于慈善与宽容
虽为泥塑
但贵为瑰宝
心中佛
与长治同在
万物生
与光明同行

光明诗友用心连成诗

长治，牧笛悠扬
小薇花开
古老的江河大地
到处是古老的神话传说
嫦娥可飞天
后羿可射日
历史文化墙，浪花朵朵
乡间的蒿草
千年古风吹拂
江苏啸元阿光
接受炎帝、神农的洗礼
雪藏娟子
接受心缘杯中物
南方以南，裴平伟彬
倾听歌若飞
倾听经久不绝的光明梵音

［里面包括光明诗友：心缘，浪花（朵朵），乡间的蒿草，雪藏娟子，伟彬，歌若飞，陈啸元，程江河，阿光，裴平，杯中物，嫦娥，小薇，牧（童短）笛。］

哈素海，适合放牧一首诗

哈素海，弹一曲塞外西湖
水草间，莲荷潋滟
骨朵儿
适合放牧一首诗
哈达般洁白
轻舟荡漾，鲤鱼飞跃
一个惊弯的叹号
水草动了
水鸟飞了
柳枝动了
全瞄准诗意灵动
长廊木质
弹跳一个松软梦
亭台楼榭
洪钟敲响
国泰民安，风调雨顺

敖包

如果敖包是座山
我愿是山下那翩翩男子
长服与长裙
转情转意转轻柔
脚步融合
两个草原俘虏

如果敖包是座庙
我愿祈祷世间平安幸福
转经转幡转经筒
梵音袅袅
千年阴山已回首

如果敖包是首歌
我愿是骏马一支牧笛

转山转水转知音

蒙汉一家

千古同唱

一曲华夏主旋律

呼和敖包 摄于 2017 年 7 月 27 日

响沙湾的沙子会唱歌

一粒沙，一缕风
响沙湾，这里的沙子会唱歌
一首化腐朽为神奇的歌
不毛之地
浅煤矿
深挖旅游富矿

一粒沙，一粒梦
响沙湾的沙，比浪花还多情
碎梦，等风来
渗入大地
汇入蒙古高原血液

一粒沙，一首诗
沙的七彩诗集

融

黄的是沙 ， 蓝的是天
白的是哈达
诗的扉页
生长诗和远方的种子

一粒沙，一幅画
沙画，用生命脚步涂鸦
骆驼队
驮第一片朝阳
最后一片晚霞

内蒙古响沙湾 摄于 2017 年 7 月 28 日

黄花沟，一匹战马跃过草原

草原，披一面绿色战袍
黄花沟，放飞一个军色词甸
一匹骏马
跃过一亿多年沟壑
江山多娇
英雄豪杰，鞭打历史前行
草原有雄鹰，北方有佳人
胜者，江山与美人
旧石器岩画，刻一幅横刀立马
战国古长城遗址
胡服骑射，军事改革典范
兵器库和点将台
烽火犹在
北魏拓跋来了，扛着战旗
元太宗窝阔台来了，骑着战马

敕勒人来了，赶着高轮大车
金戈铁马时代
蒙古包，奏响恒久家园的呼麦
黄花沟草原
孕育多少壮美的历史诗篇
辉腾锡勒的风力听得到
大青山的铁木真听得到

呼麦，一曲庆典的牧歌

呼麦，世间梵音
它，属于草原上的雄鹰
属于奔驰的骏马
属于中国
也属于世界

草原的朋友来了
各地的朋友来了
你我的朋友都来了
一个杭盖兄弟
唱响内蒙古人民的热情
呼麦，一根喉咙的弦
万马奔腾
毡房里
诗的哈达献一个尊贵礼

内蒙古 70 周年庆
我们踩着马头琴的轻弹浅唱
打南方而来
我们喝着马奶酒
领略内蒙古的悠久历史文化
牧歌而来

内蒙古 摄于 2017 年 7 月 30 日

七夕，我在鹊桥上等你

我借织女巧手
织一个天上人间的梦
我借你银梭小船
打湿银汉迢迢的泪珠
机杼声声
一段凄美的爱情故事
浓缩了一世情
360 多天的相思泪
以海的汹涌拥吻今夕
每个放牛娃心里
都有自己钟情的织女
每个善良女子
都渴望一个心灵归宿
七夕，我在鹊桥上等你
七夕，我随流放的马凯旋

打马扬鞭，诗意内蒙古
（70年，70个关键词）第一期（10首）

哈素海

哈素海，适合放牧一首诗

塞外西湖

有我南方莲荷

梦中哈达

水草、水鸟、长廊、亭榭、洪钟

— —入梦

响沙湾

响沙湾，寂寞金沙会歌唱
千年风沙
吹拂
骆驼、缆车、小火车
一场鄂尔多斯婚礼
赶走炎热之夏

内蒙古响沙湾

康巴什

康巴什，一座崛起的荒漠新城
鄂尔多斯大剧院、图书馆、博物馆、国际会展中心
鬼城变新城
诗友闻声赶来，带着东道主问候
记者敬业，20 分钟探亲归队
利用喝一碗马奶酒的时间
抚摸奶奶的手
雕塑是康巴什独特风景线
男人模仿着
来一趟草原式摔跤
姑娘模仿着
来一场青春塑身秀

黄花沟

黄花沟，一亿多年沟壑
生长黄的花，绿的树
大青山地质博物馆
层次分明
辉腾锡勒草原
马蹄声后是壮阔诗篇

黄花沟 摄于 2017 年 7 月 30 日

大召寺

大召寺，敲响蒙汉互市福音
银佛、龙雕、壁画，大召三绝
佛事频出
晾大佛，跳恰木，送巴令
祈祷风调雨顺的日子
大召玉泉
马蹄声迎来九边第一泉佛音

三娘子

阴山下，款款走来一个北方女子
远山，如黛，三娘子才貌双全
三娘子的青城坚固
三娘子庙，太后庙
三娘子外交，睦邻友好
三娘子丈夫，阿拉坦汗
阿拉坦汗墓，叫白塔

美岱召

美岱召，岂指一个寺庙
美的庙，美的三娘子
一代枭雄
阿拉坦汗和他的三娘子
"皇城"墙高 4 米，敦厚结实
御炮弹和骑兵
城寺结合，人佛共居
乌兰夫、王若飞以美岱召为掩护
美岱召，革命美名远

成吉思汗

成吉思汗，大漠驰骋几十年
铁骑生涯，16 岁埋下灭金火种
18 岁成年礼，是人生第一场惨败
战争让人早熟
十三翼之战后，逢战必胜
60 余场大战，开疆拓土
统一部落
灭乞部 ①、塔塔尔部、泰赤乌部、乃蛮部
灭克烈部，占领呼伦贝尔草原
1206 年春，建号称大汗
斡难河，一代天骄横空出世
灭西夏，灭金国，灭西辽
66 岁长眠，谥号为圣武皇帝

————————

① 即蔑儿乞部。

朱日和

朱日和，亚洲最大最先进军事训练基地
沙漠、草原、山地、沟壑
1066 平方公里
每一片土地都是战场
每一发炮弹都瞄准来犯之敌
演练是为了和平
和平使命、和平号角
蓝军、红军轮番鏖战
硝烟弥漫的日子
保家卫国，军人天职
2017 年庆"八一"沙场大阅兵
扬我国威，壮我河山

好客

盛夏，搭乘光明羽翼
想象中，一匹骏马飞入眼帘
南北诗友，云聚内蒙古
内蒙古人好客
接机，值守清晨与黑夜
凌晨3点
最后一位诗友安全抵达
内蒙古人热情
下马洗尘，大碗喝酒
大块吃肉
高唱草原歌
一条最美哈达从天而降

教师节诗（2首）

家访

你用脚步缩短了一段心灵距离
崎岖山路践行了一个人民教师承诺
你用心丈量的一座座高山
智慧足音生长
你用心耕耘的每一片田野
收获秋黄
一起打开书山秘密
孩子们含羞草般向你微笑
笑脸的炊烟
早已搭起一座梦的桥梁
桥的两端
老师和家长在接力未来

三尺讲台

讲台方正，矗立童年梦想
饥渴眼神，延伸了一堂课
没有戒尺，只有微笑
你日渐密集的皱纹
刺穿了一堆堆问号
你慈祥声音，削平疑难陡坡
你身躯，比讲桌略高
你学识，比海洋略深
你站姿，比明星漂亮

咏

咏荷（5首）

莲叶

生命，错过了花期
那就只能枯萎
青春，错过了年华
徒有叹息
但
就像蜻蜓
喜欢风华正茂的你
也像风儿
喜欢水墨如卷
凄美如画的你

莲茎

莲的亭亭玉立
有你
莲的凋零隐退
有你
守候，是一种美德
就算全世界枯萎
也要等候
下一个生命轮回
愿
为你站成一盏残灯

莲花

莲，梦中花
在水一方，等候千年
白色
扬扬洒洒
纯洁，沿青色颈项
攀上高枝
不关注鸟语
仅是一朵娇媚世界

莲子

夏日秘密，藏在莲心
一粒接一粒
剥落青涩
炎热，蒸发了春意
莲之心事
在悄悄发芽
约会水中月
蜻蜓，一个怀春姑娘
正在翩翩采撷夏日硕果

咏

莲语

为荷，一湖心事盛开
等风来
绿意皱了湖心
雨后荷叶，水珠娇媚
心情清亮
绿色荷语打滚
一朵朵随风摇摆的秋千

远处摄影架
长枪短炮，整齐排列
镜头下的油纸伞
油纸伞下的窈窕淑女
一颦一笑
与荷打着哑谜
猜苗条，猜美丽
猜一湖心事

自然（10首）

白云

天空倒挂蓝海，溢出羊群雪白雪白
吉祥三宝的歌，听出银光朵朵
数着数着，草原的绵羊全来了
心甘情愿地，把雪白哈达献给姑娘
风是温柔伴娘
云是心中月亮
如果你是蓝天
我愿是那白云朵朵

梦，一朵接一朵
把风的暖色拥吻怀中
云累了
任白色梦流浪远方

蓝天

你是宇宙最美最纯的底色板
阳光和你一起打开心扉
留下一朵云的独白
一切风轻云淡
好像都与蓝色有关

雷鸣

闪电众筹梵音，次第绽放了风雨花蕾
不经意打开了天地间黑暗密码
夜不再寂寥
等待裸露的强音再次撞击
直到山崩地裂

闪电

雨夜炸开了锅
一道强光，趁机分割天际
大地哭泣，一颗潮湿心
街灯朦胧了泪眼
激情过后，风会记得雨
但银河不一定记得恒星

雾

儿时，雾是奶奶心中永远的痛
爷爷走进去再也没有出来
奶奶告诉我，爷爷下南洋不避大雾
应验了家乡那句咒语
出门遇朦纱（雾），永远不回家
听闻抗战时，武功高强的爷爷被日本鬼子杀害了
雾，何尝不是一场白色恐怖

咏

风

云说，从来没见过真切的你
如果没有参照物
船就做了这样参照物
结果，泰坦尼克号沉了
跟着沉沦的，还有千古绝唱的爱情

季风时，郑和号出发了
乘着高耸入云的帆
还有瓷器、茶叶及大国情怀
而今丝绸之路
一股古老而雄壮华夏风
再次沿着祖先脚步起航

一个流动记忆隽永
长发飘飘，掠过苍茫大地
草低见牛羊，丰收镰刀回眸麦浪
雨说想你，云说想你
我说想你，她说想你

冰雹

南方冰雹，越发稀少了
坚硬身姿
随童年时光悄悄变白
只有贪玩小手触摸过
最近一场冰雹是在粤东汕头下的
珍珠一般，噼里啪啦击打着车窗
28 年后卷土重来
一场雪白的弹跳运动

小孩，纷纷踏出门楣
手掩着头，争先在屋檐下抢捡
没有见过冰雹的 90 后
微信直播 2015 年的第一次雹

咏

雨

抑郁时，雨是一首流泪的诗
诗行里，泪的小花暗流涌动
恋爱时，雨会化作绵绵情丝
看见它，就忆起烟雨江南
忆起油纸伞下行走的曼妙女子
想念时，雨是一种浅浅乡愁
看见它，就想起故乡苔痕绿
和眼眶里的潮湿亲人

露

生命凝结成一段晨练时间
在阳光低碳出行前
与绿叶相拥
一个轻盈身姿
接住你透明温柔
欲说还留，静默成秋

咏

雪

家在南方，雪是稀罕物
也许内心的雪
早被温暖记忆磨平六角
很多女孩都叫雪
听起来格外洁白无瑕
想象她们有水晶般的心
六月飞雪般珍贵

记得有首歌叫《冬季到台北来看雨》
说看雨就轻轻回来
别打扰往事
在深圳也有漫长酷暑
盼望内心下一场鹅毛大雪
覆盖那燥热的心
如果不
就找一个可以看雪的地方
把那白色版图秘密悄悄掩埋

梦江南（7首）

江南古镇

春水流，桃红柳绿
檐前探枝瘦绿，娇花几朵羞
古凉亭，悬挂竹枝词
肃静如许，人在画中游
秋千荡漾，唤醒几多春梦
石拱桥，乌篷船，时光悠悠
人在水上漂，心随两岸走

咏

江南雨

江南雨，打湿了风的思绪
杨柳腰细，缠不住顽皮雨滴
一场花事，自由落体而下，淅淅沥沥
不认识的男和女，雨拉近了距离
屋檐下躲雨，相视而笑
笑雨的唐突，也笑雨的玲珑

桨声灯影慢悠悠

游船慢慢，桨声打湿相思
两岸倒影如白昼，有人挑灯夜读
修长身影，帷屏聚拢，留白古今多少事

近水人家，习惯听风听雨的日子
唯有远方来客，刻意体味这慢光阴

寂寞如疏，伊人喜欢一个人在水流旁发呆
直视人或物，可以击穿心灵窗户
思想随波逐流，河流短暂出轨或断流
这时
什么都可以想，什么也可以不想

咏

艳遇杭州

江南四月天，旷野满绿
春水柔，草曼妙，人逍遥
丽水倒影，美颜依旧
有人穿舟过海而来，独乘高铁
换轮渡。美景密谋一场邂逅

杭州烟雨后，凉风习习
尝试几滴水露写生
奇妙得很
画板中一个民国女子碎步而出
浅笑无痕，胭脂红了枫叶
佳人围巾、草帽、靴子、一袭长裙
风姿绰约，入情入理入梦

悬挂的满树红叶，状如五指
漫天的握风姿势，迎接春迟来的爱慕
如果心愿，可以按颜值换算
艳遇，就来个五星级的

西湖音乐喷泉

今夜西湖美，梁祝触动了一首情诗
诗是水银做的，泻了一湖七色
湖是音乐填的，蓝精灵长袖拂水
海的女儿被激活了
长出了五彩翅膀，灵动而出
顷刻，那泉、那山、那水、那音乐
化作漫天遍野的雪花飞舞

今夜无眠，一群美人鱼看管那灯光与舞美
我愿化作那梁山伯，醉倒在瑶池下
最好被音符粉碎成几段彩虹
陪葬那西湖，无休止喷涌

二月兰

二月兰，蓝色的花，紫色的梦
梦伏在田野 ， 伏在溪沟
满地的蓝花花，满溪的兰香香
早春四月，谁捡了农历二月的碎梦

蝴蝶来了，翅膀压弯了你的梦
蜜蜂来了，小嘴贪恋你的粉肤
孔明来了，千军万马，诸葛菜已下肚

西湖声声慢

茶园慢，用心丈量
一滴晨露引路
云蒸雾绕
朦胧了丁香姑娘
青山如黛
你浅浅的笑
足够泡一壶好时光
你的乡音，软了吴语
你的倩影，瘦了西湖
人间美景
借花、借渡、借一曲云水谣
灵隐寺、楼外楼
问佛、问荷、问西子
乌篷船、青石板
西湖声声慢
桨声灯影里
弹一曲西子印象

咏

节气诗（10首）

端午

艾草针尖扎错了五月

屈子的血红了汨罗江

楚辞决堤没商量

淹没了天问，淹没了九歌

龙船赶着魂儿吆喝

桨声晃啊晃，鼓声断了诗肠

粽绳拉紧了哀愁

祭祀纸船扬起经幡

灵动了五月五

风雨灵魂渡口

日子飘摇，旧国神伤

断肠丝，龙船调

夏至

夏至火燎火急地来了

内心发酵的一场梅雨

要把它淋灭，一起熄灭的

还有躯体内那团躁动火苗

炎热、台风、梅雨赶集似的

半夏怎么样也赶不上极端天气的生长

质朴的生姜、麦粽、夏饼填充了虚阴的饥饿

南方以南的天空，蝉鸣闪亮

唤醒了北半球的仲夏夜之梦

唤醒了最凶猛的太阳光家族

抢戏的太阳，可以忽略温柔月亮

可以唤醒鲸鱼级台风呼啸而来

大水蚊诅咒一切阳物

从此，疯狂便开始萎缩

夏至，世间的一切的阴阳进退

都是日月星辰一夜最长的缠绵与约定

（注：2015 年 6 月 22 至 23 日登陆海南的台风美其名曰"鲸鱼"）

立春

二十四节气，铺开了联合国非遗画卷
春姑娘，绿了大地裙裾
人勤春早
蜜蜂在默默耕耘鸟语花香
芒果花开了，木棉树结籽了
如蜜生活绽放
立春后的二十三个承诺
一个接一个
开工一族，拎着大包小包
挤上深圳地铁、公交或高铁
候鸟已回巢
衔回各地特产
一分耕耘，一分收获
汗水灌溉春苗
鞭牛赶春，早作盘算
人随蛰虫苏醒
心随东风解冻

春分

秋天走错了门
一个人，走过春天的南大街
满地的秋叶
跌落
日子金黄
每一片都接近诗意

世界诗歌日
春分骑着回南天的羽翼
飞进路人甲的肋骨里
春天在哪里
春天已躲进潮湿的诗意里
春天已提前跑进秋风秋叶里

谷雨

燕子，用柳枝鞭打寒潮末日
雨水镶嵌生机
春潮涌动
拓荒牛挥汗如雨
深圳人团购着好日子
又一个春天
从前海扑面而来

大暑

大暑，喷涌一池莲语
花仙子裙裾
藏一帘田田梦
翠鸟来了
啄试中伏之夏

咏

立秋

秋叶黄，天晴朗

立秋晴一日，农夫事半功倍

一箩秋收号子

吹响满天金黄

成熟精灵兔

用麦粒数着丰收愿望

冬至

乡村屋瓦，晾着雪白喜事
冬至大如年
数九寒冬第一天
水泉流，人走动
拱礼庆祝，瑞雪兆丰年

咏

小寒

喜鹊筑巢，鸣叫着数九寒天
家的美好在枝头安放
冰糖葫芦叫卖声，酸甜入耳
风雪里，小孩堆雪人，打雪仗
留下一片最冷童趣

清明

夜，在城市的边缘游走
诗意的光
逮捕一串闪亮词语
前海风，送来腥鲜问候
椰林、蛙声、年轻人的笑声
成为今夜主角
你看，你看，城市不夜天
半个月亮爬上来
海平面勾勒色彩斑斓的夜
风来时，皱了霓虹灯的手
无忧无虑倒影
悄无声息地铁
自由穿越清明前夜
繁华都市梦

咏

情（14首）

等

以种子的渴望
等你
进泥土里
以干渴的碎梦
等你
进河床里

如果可以与世界说晚安
我会与黑夜的星星说
如果可以与你说早晨
我会等你在梦醒的那刻

那散落的光线，是谁遗失的光阴

黑暗在寻找越狱窄口
而光明却提着灯笼姗姗来迟
那散落的光线
是谁遗失的光阴
$X+Y+\beta=?$
这个重见天日的辐射公式
谁来解答
黑白交集的故事
每一天都上演
我生命的七色
那红橙黄绿蓝靛紫的偶遇
时刻在光谱中裂变

雷雨之夜

漆黑夜，闪电打开雷的密码
雷声砸碎雨的恢弘
心灵的梵音
灯明透亮
天空是一面回音壁
风驰电掣而来
从远到近，从外到内
内心的宁静
早被击得支离破碎

今夜，枕洁白的梦安睡

皓月，在我头上撒野
而我愿意
用一首诗的时间拥你入怀
倦意落入银盘
今晚，只谈诗与月
所有喧嚣
枕洁白的梦安睡
城市与乡村
在天台举杯同庆
众星捧月般
穷数十年修辞
只为今晚的大、亮、圆

雨巷

五月的雨巷
淋漓了南方稀梦
纷飞雨
次第打开了夜的心灯
5·20
激活了漆黑
情感，串成卷珠帘
轻轻地
掀开潮湿春梦
猜一猜
是雨躲进夜的怀里
还是夜躲进雨的心里

摄影 / 杨琴

花烛夜

爱火被点亮
熊熊燃烧
淹没了衣襟
淹没了海洋
今夜
天长地久
地老天荒

烟花易冷红尘恋

烟花易冷，绽放炫的色彩
炽热的心，融化坚冰
容颜殆失
却拥有整个夜
流星坠落后面
一道道红尘故事

爱情标本

掏空肉体与灵魂
把爱情与忠贞塞进去
讲解员说
爱情就是这样一对
风干的活化石
年轻时有血有肉
老死后永不分离

光棍独白

滚烫筷子头不住孤独汤圆
寂寞沙丘长不出爱的绿洲
情感如孤舟横渡
为寻找前世姻缘
和梦中橄榄树而来

辗转无眠，思索被爱情青睐秘诀
情窦初开的季节
爱的磁铁总制造不了来电的岁月
也有宅前的旷野无垠
炽热青春跳不出蜗居龙门
山不转水转
天空找不到那片艳阳天
难过没有情人的情人节
悲伤没有另一半的伤悲

月朦胧，缘分天空乌云密布
虚度光阴被雨打风吹去

讨厌爱情鸟哀鸣

捡王老五的钻石击碎那不祥音

从此我的爱情鸟飞走了

也许掉在惶恐滩，也许掉进伶仃洋

夜睡意已浓，或许恋爱的门外汉

今夜能捡一个被脱光的美梦

搭上爱情末班车

等待清晨被幸福敲门的感觉

咏

相聚太短，剪一抹风景留存

总有一种情让人难忘
如几十年的师生情
总有一种相聚意犹未尽
如一年一度的同学聚会

莲花山下，有你抖落的一粒轻尘
蓝天与白云间
有你眉宇的一丝快意

一杯家乡酒，记忆醇浓
一句心里话，尘封太久
校长打开话匣子
老师价值在于桃李满天下
几十年默默耕耘
照亮书山路

总有一种感动会铭刻一辈子
几十年过去了
班主任还记得学生身上的闪光点
比如你和谁的作文

被当作范文
在全年级朗诵了

生命如歌，回忆过去
总有一首歌向你致敬
总有一朵白云在慢慢靠近
总有一朵霞光接近诗意

桃李不言，下自成蹊
各行各业蓝图里
名师工作室的绿叶亮了
会计师门口的龙眼熟了
公务员的那份辛劳等待收获

相聚太短，剪一抹风景留存
留给青葱岁月
留给漫漫长路
留给过去、现在与未来

咏

今夜，一颗长庚星坠落

今夜，一颗长庚星坠落银河
冷雨，谁的眼泪在飞
1999 年，一个觉醒世纪梦
蛇口，迈开敢为人先脚步
一条血路，杀红了万家灯火
今夜启明星已点亮哀思
认识或不认识的
朵朵生命菊
一起托起"时间就是金钱"的蜡烛
"效率就是生命"的心跳
与寒冬一起驿动
深圳人精神
在风雨中次第开放
袁庚，一个千古不灭的名字
照亮大鹏展翅灯塔

一座渣山的原罪

离开枝头的菊花，一朵接一朵鞠躬
一座塌陷的渣山
历经了七日的祭奠
风在默哀
冬雨数着渣土的原罪
在深圳
一座渣山给新城市的警醒
从来没有这样深刻
受纳场枯萎的
不仅有几十朵绽放生命的白花
更有白花后面的伤痛
和渣山泥沙俱下的人心滑坡

圣诞，一片乌云飘过深圳蓝天

阴雨后，深圳的天空不再蓝
乌云悄悄地从平安夜降落
几米高的圣诞树
早已在楼下虚张声势
但注定是节日的配角
开放式的社会
东西融合的土壤
圣诞树早已长成参天大树
说不清谁同化了谁
借圣诞树的彩灯
给西半球的亲人祈福
祝世界平安，祖国平安

平安夜，有光明 12•20 神伤
创意 12 月活动戛然而止
节日在烛光的指缝中躺下
这是人性至善的一面
在大灾大难面前
喜庆总是该退避的

更何况网传的防恐

密聚的人少了

街上的警察多了

乌云早已驱散了欢歌笑语

光明的抢救依然在继续

5000 多人的抢救大军

让一个煎熬了 67 小时的生命脱险了

期待更多的奇迹

驱散满天乌云

又见炊烟，我只在乎你
—— 邓丽君歌名组诗

君在前哨，人约黄昏后
思君能有几多愁，恰似一江春水向东流
夜来香，帝女花，欲说还休
山茶花，野生花，又见雪花

在水一方，云河凝望，谁来爱我？
千言万语，奈何，只剩下酒醉的探戈
古树下，清夜悠悠，情人再见
心事化作一片落叶
郊道，偿还小路
初恋的地方，原乡情浓，告别小城故事
爱人，今天欢乐明天梦
木兰花开时，想起你
我只是一朵孤独的小小水仙花

往事如昨，爱像一首歌
有甜蜜蜜，有胭脂泪
有爱的箴言，有芳草无情
为谁雨中徘徊，丝丝细雨缠绵已久

海鸥飞处，伊人踏雪寻梅
但愿人长久，万水千山总是情
月亮代表我的心

雨中追忆，似水流年
独上西楼，一封情书
襟裳岬，舞女泪，想你想断肠
翠湖寒，秋光，美酒加咖啡
前生有你，世界多美好
喝完了这杯，何日君再来
再见我的爱人

咏

江湖令组诗（6首）

记忆的江湖

记忆瘦成深圳河，二十年涛声依旧
从第一故乡到第二故乡
河里曲折的"圳"生活，激起梦里千层浪
日子巴紧，工号 169 加班时间是 174
想象变成一条劳动法鞭子
狠狠抽打流水线外站岗的雕塑

车间累了，工会睡了
累了的日子充实，睡着的记忆笨拙
"圳"说，再不写，时光就老了

流水线速写

流水线产品，有点硬度
金属来不及弯腰，被牢笼回收
钢板如刀锋
一下割了刽子手头
白手套血流成河，止不住心跳
冲床大喝一声
抢一把扳手，拧紧时光漏洞
梦想沿顺时针方向旋转
如果来点黑色阻力
是极好的红色生活

我的江湖谁做主

焊光雀跃，烤干了寂寞
砂轮走起，荷尔蒙破碎一地
喷漆醉了一壶蓝天，吐出七彩春梦
梦里虹，家乡浓
砂纸粗，难平心灵创伤
角铁利，血染神剑陪我闯江湖
老板哭丧的脸，驱赶我累了的脚步
疲惫的我，吃完快餐还要找出租屋
但愿丢失的灵魂每天都有归宿
我的深圳我的路
我的江湖我的梦

打工江湖一二三

一个人的路，有点险恶

两个人面包，尺寸一样 ，温饱不同

三个人猜拳，谁输谁下

四个人酒令，你别太吵

五个人车间，冲压、攻丝、铆钉、清洗、包装五管齐下

六个人宿舍，横竖都是噩梦

七个人诗歌，月黑风高，驳一驳旧时光

八个人江湖，孤星剑月，闹一闹梦工场

九个人微信群，男多女少

十个人打工生活，一帮江湖痞子

咏

给江湖一个尺寸

如果硬要给江湖一个尺寸，那就是一个梦想容量

江湖再大，也只能容一个人梦想

梦想有多大，江湖就多大

江湖长，心酸泪水难丈量

江湖宽，浩荡汗水疯长

先涨满深圳河，再涨满珠江

江湖高，昨晚赌气的一根白发夸下海口

自己疯长了三万八千丈

过关，两个孤儿

第一次来深圳，晕车成舟
横渡 380 公里梦工场
目的地关外，却被卖为关内猪仔，风乱了逻辑
有边防证下车检查，没有的自寻门路，
司机凶成大佬，眼里的江湖有把刺刀

布吉关，有上帝玩笑
边防证刚过期一天
边检说靠边，等候处理
通道旁，一个被风凌乱的男孩
差点成了边防证孤儿

思想追随行李到了关内，躯壳卡在关外
另外一边速进人流，把我泼醒
何必在一棵树上吊死
虽然爸爸叮嘱我做个老实人
但上帝告诉我试一下运气
我佯装不过了，与悲惨的边防证一起撤退

咏

绕弯混进另一通道
谢天谢地，过了边防证十指关
一溜烟跑进那望穿秋水的粤 B 里
抱住了那个差点成了孤儿的行李
痛哭流涕

红棉礼赞（6首）

棉絮，风留恋的一粒种子梦（生命篇）

五月，红棉湾日子

棉絮飘飞

枝丫间

悬挂几朵雪白故事

欲离还留

风留恋的一粒种子梦

走绿道，搭摩拜

越地铁

追晨练脚步

等待来年阳光雨露

生根发芽

再续一个红棉梦

深圳木棉 摄于 2017 年 2 月 25 日

红棉礼赞（圣洁篇）

读你笔直和伟岸
读你质朴坚毅品质
读你力争上游精神
读你风雨无阻的坚持
读你爱情的忠贞
读你迎风陪伴的骨朵

听"木棉"歌
听木棉铮铮傲骨
听你林立世界的勇气
听你永不倒的民族画外音

我赞木棉四季
春天来了
木棉，一树红珊瑚
夏天到了
木棉，一顶绿帐篷
秋天去了
木棉，一帘秋的斑驳梦

冬天来了
木棉，一排冬的裸骨
木棉，四季不同主题
四季不一样的精彩
木棉花开，冬天不再来

如果
人生是一棵树
我愿化成
一棵木棉树

深圳木棉 摄于 2017 年 6 月 1 日

木棉花的春天（风骨篇）

阳春三月，木棉花的春天来了
抬头，红棉似火
小鸟轮番啄吃春天
走了一拨，又来一拨
永不疲倦的鸟鸣
催开了一朵朵木棉花蕾

木棉花的春天，一切都是美的
走进公园
看放风筝的小孩
如何一步一步拉近春天距离
木棉叶子
已等不及秋落
便先于红棉告别春天
春不贪多
有红棉已足兮

木棉花的春天是壮观的
它代表春天的热烈
木棉树下

走来一个伟岸的花之男子

木棉花的春天是短暂的
过程是美丽的
每一朵都开得鲜艳如血
五朵花瓣，五颗流星闪耀
即使跌落，也保持最美姿态降落
它轻轻抖落红尘
朝着蓝天白云
朝着永不改变的方向
向春天告辞

木棉花，英雄骨朵（英雄篇）

木棉花，英雄花
南国广州，木棉是市花
花之骄子
无愧于英雄树称号
蜀国四川攀枝花
木棉花又被称为"攀枝花"
一朵熔炉里的铁花
攀沿一个诗意的木棉红
红棉高枝
高耸入云，无惧风雨

木棉，英雄般的名字
被高雄、广州、攀枝花市
共奉为市花
英雄所见略同
高雄、广州木棉花
点燃春天里的一把火

它
超越中国台湾、日本的樱花
超越了一个粉红色的回忆

木棉花的春天
火一样的年华，诗一样的赞歌
一朵朵鲜红花语
解读过去血雨腥风日子
先烈们鲜血没有白流
鲜血浇灌的木棉
已长成一棵棵英雄树
广州黄花岗七十二烈士墓园

先烈中路
一排排木棉树
一排排守护英灵的卫士
一首首让人肃然起敬的英雄赞歌

咏

染红了革命纪念地
染红了广州人民的幸福生活

五指山木棉，血染的风采
海南黎族英雄吉贝
抵御外敌身中数箭而屹立不倒
身躯化作木棉树
箭翎化作木棉枝
鲜血染红木棉花
从此木棉树称为英雄树
木棉花尊称英雄花

深圳木棉 摄于 2016 年 4 月 26 日

古今枝丫，最美不过木棉红（历史篇）

木棉袈裟，一个传奇故事
少林寺传承信物
多少武功高强的少林弟子
不惜用生命
维护它的尊严与威名

木棉历史，源远流长
公元前 2 世纪
南越王赵佗向汉室进贡木棉树
至夜，红棉光景欲燃
夜色美
最美不过木棉红

木棉，一出北宋谢辞
苏东坡被贬海南
黎族人民赠他木棉吉贝布衣

咏

苏东坡以诗致谢
"遗我吉贝衣，海风令夕寒"

木棉，造福岭南
获赞一方
广州好，人道木棉雄
三月正春风
参天舞丹龙
落叶开花飞火凤

木棉树素描（植物篇）

木棉，落叶乔木
二三十米高挂
二三月落叶
带刺身，英雄披甲梦
几度花开花落
小叶五七片
花期三四月
花萼黑褐色
木质松软，点燃火柴梗篝焰
包箱、木舟、桶盆
造纸良木

花样年华，红橙盖世
蒴果栗褐色
果荚开裂
夏季热熟了一粒上帝种子

咏

随风跌落

棉絮飘，六月飘雪
小孩眼里的白色风筝
追风筝的日子
火红了天
棉衣、棉被、枕垫、棉毯
一床松软的梦

深圳木棉 摄于 2016 年 4 月 8 日

植物篇（5首）

古榕

乐活大树想要触摸天穹
沧桑扭曲的脸
不阻碍你伸展曼妙身姿
创意一把大绿伞
茂密枝叶最引小鸟歌唱
只要是童谣唱响的地方
都有快乐音符飞过
几代人聆听遮阴乘凉的故事

青春荷尔蒙四溅
垂落根系像胡子触地生根
有雨天便成一幕水帘洞
洞天内外
青筋暴突
只要是你想扎根地方

咏

没有抓不住的土
生命顽强延伸
墙缝里，透着你骨子里的坚强

春天，小鸟衔来种子
寄生后绽放
树高千尺忘不了根

紫荆花（花与国）

一曲东方之珠，一朵紫荆花开
军港夜，勾勒回归庆典夜
辽宁舰
驶过香江，驶过 1997
驻港部队，英姿勃发
庆典、阅兵、气壮山河
回归 20 年，20 个方阵
1965 年成为香港市花
1997 年成为香港区徽图
20 年风雨同舟，20 年飞速发展
紫荆花花语
骨肉情深，家庭和美

夹竹桃（花与竹）

叶似竹，花似桃

一生斑斓，红、白、黄

三季常青，春、夏、秋

夹竹桃 ，抗尘、抗毒、抗烟雾

三抗卫士

有竹的坚强

有桃的美丽

即使浑身尘与土

也要力争上游

净化空气

季羡林笔下的夹竹桃

红的像火，白的像雪

最后一粒种子梦

六一，高高的摇篮
轻飘的梦
最后一粒种子
不迷恋风的温床
它，挣脱妈妈怀抱
追捕蒲公英的生存密码
梦，软软的
已酣睡了整个春天
木棉树
枝丫的鸟鸣少了
参天的叶子绿了
种子的诗和远方
不在今天的绿叶
而在明天的红花

咏

八月桂花香（花与家）

八月，生命第一声啼哭

桂花树下萌芽一粒种子

粤东乡村

亥时，我从娘胎里出来

带着桂香，带着清风明月

生命如此精彩

躺可见吴刚伐桂

坐可饮桂花酒

八月桂花香，月缺月圆

均有轮回故事

月缺时，生命与桂花结缘

月圆时，桂花行将凋谢

一个名为梅英的乡村女医生

来我家第四次助产

张家的第二个男丁被接生

张氏宗族谢祖婆二十二世

在我前，已有大哥、大姐、二姐

均生于"大跃进"与"文革"

他们不生八月

不排名桂茂、桂兰、桂花、桂珍

却如金桂、银桂、丹桂及月桂

家有两男两女

男属"两桂当庭",女属"双桂留芳"

那年代中国,7亿人口

计划生育不严格

家境贫寒,人丁却兴旺

世界第一人口大国

解放10多年,未走出困境

饥荒时吃糠粄

也吃桂花糕和桂花饼

颂

志愿者之歌（2首）

支教路上，被和平鸽包围

支教日子，与阳光撞个满怀
软软地，幸福地
晕倒在蓝天怀里
异国他乡的加德满都
宁静而神秘
一群鸽子友好地将我包围
不为我的美丽
只为我的善良
咯咯声，喷涌着和平
像美妙的潺潺泉水
滋润着这片贫瘠的土地

和平鸽享受人间的美好
在这里
慢生活和自由
不会被猎杀
与鸽子一样幸运的
还有那些没有被炮火骚扰
无忧无虑的孩子们

国际志愿者陈岩

爱挺进大凉山区
——献给可爱的微友爱心团队

爱，曲曲弯弯延伸

翻越大凉山脊梁

那古老而宁静的村庄

倾听昨夜星辰脚步

爱的足音泥泞路上滑行

蝉鸣附和浪奔浪流

微友们扛起那慈善大旗

跟着先人足迹

艰难挺进那革命老区

老区依然质朴简陋

孩子们如饥似渴的眼神，清澈透亮

赤贫的湖水充盈心酸的泪

开裂的鞋，变质的土豆

破旧的书桌，尘封的蚊帐

停电，缺衣少食

人工天梯里才有家的方向

前辈们用鲜血浇灌的花骨朵儿

红遍了祖国的山山水水

乡亲们依然没有走出贫瘠的土地

为什么我的眼里常含泪水？
因为我对这土地爱得深沉……

山水相连，特区人民与山区人民心连心
大渡桥横，新区人民与老区人民心连心
纵然千万里，爱心企业也会记得大凉山区遥远的呼唤
爱心，让心路不再遥远
微友，让爱心飞得更高

致敬劳动者（7首）

河道保洁员

铁夹子穿越了河道肠胃
镰刀割开水草内脏
肮脏——被蛇皮袋没收
水鞋，躲过尖铁锋芒
防水服汗水充盈了夏
一群美容师海军
带走了城市垃圾
还一条条清澈的河

外墙清洁工

踩着云的肩膀
飞翔于天地之间
用汗水洗刷历史
岁月的风沙已起了皱纹
尘埃朦胧了远方
上下跳跃的蜘蛛人
让城市的污垢无处躲藏
玻璃窗亮色
足以射杀两个蜘蛛
小的在屋内织网
大的在室外悬崖峭壁上

公交车司机

双手紧握生命年轮
满载着流转岁月
安全轨迹中
牢牢地驾驭着春夏秋冬
风雨无改
走过的安全读数
绕了地球一圈又一圈
一年年
一天天
一秒秒
生命不允许瞌睡和打盹
每一次刹车都那么精准

车上供奉的鲜活生命
全是亲人，得小心地呵护着
水晶般易碎的心
碎了，再也捡不回一个完整的家
生命不重来
提前把控生命班车

颂

不闯红灯，不抢跑道
不看微信，不讲电话
不争，不吵
巴士司机，责任重于泰山
珍惜生命分分秒秒
人生价值
在于脚踏实地
在于时时刻刻

乘务员

学会赶着晨曦的野兔赛跑
习惯随闹钟的雄鸡起床
提早准备车票和零钞
检查刷卡机电量，够了
热水壶的水，满了

一辆流动的班车已准点出发
10多米长，3米宽
一场百走不厌的旅途就此铺开
忙碌的身影，汗水的渗透
从拥挤中寻找落脚点
在颠簸中站稳脚跟
那见缝插针的矜持
那挤成肉酱饼的勇气

学会忍耐，学会看假钞
学会明察秋毫
关门、刷卡
深圳通余额播报
一场微笑的马拉松

一个拾金不昧的好人
一个乘客眼中的活地图

学会把微笑刷进去
把提醒送出去
提醒
那些瞌睡的乘客
和初来乍到的陌生人
关心
那些老人、小孩和残疾朋友
甚至那些不怀好意的人
你也要适当处理

供电检修员

头戴南方电网安全帽
脚踩粗重大剪钳
电的光芒扶摇直上
日晒雨淋可以抹掉电线杆暗黑皱纹
但抹不掉供电人的光辉岁月
沿蜘蛛轨迹跃上云端
检修电的安全琴键
调试远方每个音阶
直到那并排延伸的五线谱
奏出轻盈而丰满乐章
第一小节 380V 的咏叹调
点燃了万家灯火
第二小节 220V 的协奏曲
飘向爱的远方

健身教练

哑铃，勃发了二头肌春天
那延长生命线的仰卧起坐
藏起霸气的肥肠
古罗马峭壁上的六腹肌
被岁月锤炼得越发动人
人生的大戏
健硕是剧中不倒的风骨
那雄壮的灵魂大旗
引来了无数人鱼线的欢歌笑语
滑出跑步机，潜入绿道氧气里
香汗淋漓的姑娘
正能量足以感染一个秋
跑道上风铃般的倩影
捕捉众多荷尔蒙注目礼
身姿瘦了闪电
苗条猎了美腿
悦跑的人，醉了山，醉了水

消防员

紧绷的弦拉紧了火苗腰刀

警铃吹响了冲锋号角

消防车从号角声中喷涌而出

一条红色直线冲向远方

无情烟火吞噬着远方高楼大厦

和一切呻吟生灵

谁在拔剑怒号

利刃把高温高压魔咒一一斩断

灵与肉在烈火中挣扎

一场生命拯救，飞越了漆黑渠沟

火鸟一次次从悬崖脱险

炼狱的云梯攀爬天空脚手架

从天而降的 119 特种兵

引来浩瀚太平洋

海水浇灭了死神的燥热

与死神擦肩而过的

不仅有小孩老人

小猫小狗

还有那群南飞候鸟

一群等待归家的人

教师节（3首）

感恩有你，我敬爱的好老师

今天我们笑成一朵朵花儿排列
随 9 月 10 日的第一朵祥云大声歌唱秋天
《感恩的心》，化作 2015 年的第一场手语
感恩有你，我敬爱的好老师
你的教诲犹在耳边热浪翻滚
难忘师恩，难忘阳光与雨露
粉笔和讲台是你一生不变的事业
汗水与辛劳伴你一路高歌
岁月已苍老了你的容颜
但桃李的芬香却越发绵长

批改作业

乡野的风吹过心灵的一扇窗
依然有一盏灯光为我们斑驳
比萤火虫更美，比阿拉丁神灯更亮
一字一字订正，一句一句对照
枯燥的数字里藏着辛劳
严谨的目光凝聚着渴望
渴望每个孩子都能成为太阳
老师说过，一个也不能落下
老师批完最后一本作业
夜色伸个懒腰，躲进黎明前的晨曦
夜打叉，梦打钩
老师疲惫的身影随灯光躺下梦乡

美术教师

太久没有见表姐了
记忆时光里
你是一幅淡雅的素描
性格如花
笑意写在脸上
一位美术教师
一位画家
虽没有旁听过你的课
也没有见过你的画
但你微信头像那幅水彩
那鲜红果实已醉人
其实我也不太懂画
只在乎
你把那棵亲情树描得更美

始终有一首动人的歌属于劳动者

我是那只背井离乡的鸟

深圳是我展示歌喉的梦工场

改革，掀起一股热火朝天的浪

浪尖上的劳动号子

奏响了特区开发的号角

时间就是金钱，效率就是生命

一首赤脚试潮的歌

一首响彻云霄的歌

歌里有敢创敢试的披荆斩棘

歌里有脚踏实地的栉风沐雨

歌声激越，越过古老红树林

越过火红的簕杜鹃

催开了一栋栋崭新的工业园

结出了一串串诱人果实

并排在

深南大道、宝安大道、龙岗大道上

35 年的记忆足够动人，35 年的汗水足够丰盈

青涩的我，沧桑的我，

颂

青春的你，靓丽的你
升华成一首首动人的歌

始终有一首动人的歌属于我们
它属于千千万万的劳动者
从前，它属于寂寞的渔村，属于春天的故事
现在，它又属于滚烫的城市，属于收获的秋天
那是一首汗水打磨的歌
那是一首泪水离人的歌
流水线的曲调，劳动者的青春
在每一处的特区沃土开花结果
我骄傲，我是劳动者
我自豪，我又是创造者

今天我砥砺前行，明天我放声牧唱
始终有一首动人的歌属于劳动者
属于你，属于我
属于这个伟大的时代

龙井路，面馆藏着"京"味儿

龙井路，藏着一间面馆
招牌的说唱脸谱
诉说着闹中取静的故事
偶有几只乌鸦打扰
舌尖上面条
拴紧胃的绳结
几十平方米京剧沙龙
串联"京"味儿
京剧、二胡、美声
还有免费茶水

可可面庄，一对夫妻已坚守 6 年
认识不认识的
在这里享受慢时光
静静尝一尝
手艺人的精致与细腻
慢慢品一品

颂

文艺人的温暖与内涵

田老师年过花甲
最近膝盖积水
走起路来一瘸一拐
他不停张罗着
不知疲惫的笑容
与他的歌声一样美好

熟客来了，敬酒敬烟削水果
人缘好，生意也不差
可可面，价廉物美
这里提供
免费辣椒、酱油与大蒜
为数不多的桌椅
坐着一个拉着二胡
唱京剧的卖面人

龙华匆匆，十年执法路

十年执法路
走过冬天，迎来春天
龙华匆匆
风雨中砥砺前行
美丽深圳
拉长了辛勤背影
一路一长，畅序宁
分片包干，绿洁美

难忘十年
铁腕查违，路在脚下
有你们
天更蓝，水更清
难忘十年
执法为民，汗流浃背
有你们
山更绿，城更亮

地铁组诗（5首）

留言墙

与地铁零距离接触
红色留言墙，红色安全服与头盔
火红中国轨道事业
笔是黑的，红与黑水乳交融
深圳市民，见证了绿色交通
见证深圳地铁 9 号线双轨通行
签名，写下一片红色心情
地铁人的热情
不在一时一刻的留言墙
而在千秋伟业

深圳地铁 9 号线留言墙

地铁 9 号线

南方以南，地铁 9 号线从红树湾延伸
那是一条穿越暖冬的劳动进行曲
22 站，22 个音阶
奏响中建南方春天的故事
新时代的旋律
从灯光不明的涵洞里迸发
带着地铁人的呐喊
带着特区建设者的奉献与创新

和谐共建的轨迹
洒下多少特区建筑者的汗水
南山、福田、罗湖
地铁一路，歌一路
到达侨城东的深圳湾
到达向西村的文锦渡
地铁终点也是起点
一辆辆创新超越的列车
驶过 9 号线的心灵驿站

地铁

逼仄通道，流淌着一节节永不凝固的车厢
在大地母亲怀里滑行
以爱的名义匀速前进
电的激情化作爱的暖流飞驰
没有火车的鸣笛，只有羞涩的安逸
过一灯，咻一声
呼啸而去，恍然隔世
这是一条永不阻塞的交通要道。

空间，格式化窑洞
轨迹，没有人生之曲折
列车，深山掘金矿车
车厢，站各怀梦想的人
拉环，抓紧片刻宁静
扶手，舒缓一些暂时疲惫
接驳处，忸怩着程序化老鹰抓小鸡
曼妙身姿一览无余

无论怎样颠簸
都唤不醒母亲怀里的童年记忆

历史在前进，穿越时光的隧道里
文明在前进，尊老爱幼的温馨让座里
浪漫在前进，柔情蜜意的情人目光里
生命在前进，稍纵即逝的匆匆驿站里
时代在前进，红尘滚滚的车轮里
希望在前进，在都市快速变换的生活节奏里
这是一条永不停步的春天专列

快乐地铁工人

工地没有白天与黑夜
地铁人的快乐
只属于阳光和希望
工地不远,吹一首口哨时间
走出简易房,踩上旧单车
上班一族,简单朴实
钢盔下的脸,彩霞满天
穿上安全服,扛上锄和镐
一手抓扳手,一手骑单车
泥泞路上,忸怩着快乐前行足迹

咱们工人有力量
脚手架,焊接顶天立地支柱
大锤,锤响劳动号子
大战 70 天,再坚硬岩石
也能钻开花
再复杂的地下工程,红旗班也能拿下
没有过不了的坎
没有凿不穿的花岗岩
快乐在哪里,胜利就在哪里
轨道在哪里,绿色就在哪里

地铁人的美

钻探黑暗，迎来光明
镶嵌的浅笑里
一轮弯月亮，丰盈明亮而美丽
通透了隧道
地铁人的美，不显山露水
像宝石一样深藏

地铁，疏通了城市拥堵
城市洁净而有序
扶手，搀扶大地沉睡的梦
地板，一尘不染
迎来送往四方宾客
地铁，馈赠一种宁静美
列车跋山涉水，驶过就波澜不惊
地铁人的美一直在延伸
1 号线、9 号线、11 号线……
地铁人美的精神，一直在地下延伸

生命在这里诞生，幸福从这里启航（5首）

生命在这里诞生，幸福从这里启航
三十年时光，不算太长
却崛起了一个现代化妇幼专科医院
三十年时光，不算太短
却融入妇幼人庄重承诺
仁心仁术、专业专注

生命篇（生命在这里诞生）

产科，值守生命诞生的分分秒秒（送给产科）

生命如歌，南丁格尔字典里
一颗天使般的心灵
妇幼人
值守着每个清晨与星夜
值守生命诞生的分分秒秒
燕尾帽下
每个微笑都动人

呵护
让每对母婴都温暖
细致
让每个生命都健康

产科是产妇娘家人
一对一护理
孕妇入院到出院
同一护士负责
每个细节都了如指掌
每个健康指数都熟记于心
铺床、送药、打针、输液、量血压
健康咨询、电话回访、家庭回访
一站式精准服务

产科,有太多不平凡的故事
她是一名优秀护士
临床一线,她是业务突击手
理论研究,她是个多面手
护理工作,她是护士长最得力帮手
汶川大地震抢救现场第一线有她

颂

连续 6 个春节没有休假有她
在国家级医学刊物发表优秀论文有她

她是一名护士长，在任 10 多年
默默耕耘，用微笑化解误解
用科学排班来提高工作效率
用"丈夫陪产"模式来提升人性化服务
在重症病人的抢救现场
总有她的身影
每天，她总是第一个到产房
最后一个离开科室
她们在平凡的岗位，做出了不平凡的贡献
产科
从不缺妇幼人的仁心仁术
从不缺妇幼人的专业专注

圳奇，一次爱的生命奇迹（送给新生儿科）

520 克，一个"我爱你"的体重
一个"我爱你"的故事
小圳奇，23 周 +6 天娘胎出生
连哭泣的力气都没有
绿豆般大的胎便
也要使出洪荒之力
4 天了，你还睁不开眼
一周，手脚才有小动作
睁眼视探世界的爱
一个袋鼠宝宝
一个弱小心脏在跳动

新生儿科
有多少爱的脚步在徘徊
多少次深情相望
多少个不眠之夜
走廊深深，医院是你最初的家
47 天，体重升到了 1110 克
你一点一滴的生长
让多少人揪心

颂

让多少人牵挂

你是叔叔阿姨的心头肉
无数次踩在生命边缘
无数次点燃生命篝火

白床单是你梦的琴弦
保暖箱是你生命摇篮
呼吸机是你生命补给
白衣天使啊！就是你的亲人

宝安妇幼医院，爱的故事说不完
圳奇，一个深圳爱的故事
108 天，创造了一次生命奇迹

启航篇（幸福在这里启航）

三十年，一个如歌的梦

30 年前，你的名字叫保健所
简陋得只有几张桌子
30 年后，你的名字叫保健院
跨入国际先进行列

30 年救死扶伤，30 年薪火相传
30 年沧海桑田，30 年披荆斩棘
30 年春华秋实，30 年如歌岁月
30 年精益求精，30 年爱岗敬业
30 年孜孜以求，30 年矢志不渝
30 年筚路蓝缕，30 年蓄势待飞

1986 年 8 月，宝安县妇幼保健所诞生
1998 年，新生儿科成立
2000 年，通过国家二级甲等妇幼保健院评审
2001 年，通过住院医师规范化培训基地评审
2003 年，通过省教育厅、卫生厅临床教学医院评审
2004 年，获得宝安区区长质量奖

颂

2013 年，成立深圳首个卫生医疗系统"院士工作站"
2014 年，成为暨大医学院附属医院
2015 年，成立深圳市宝安区妇幼医学研究所
2016 年 8 月 1 日，宝安中心区新院揭幕运营

新院新面貌，智慧医院揭开了新的篇章
2016 年深圳市第一个母乳库成立
2016 年深圳第一间大型书香医院成立
2016 年抗生素用量减少到国际标准
30 年，一个如歌的梦
30 年，一首如梦的歌

奉献篇（爱的奉献）

爱在左，理解在右

爱在左，理解在右
走在生命两端
期待每个新生家庭都有欢歌笑语
祈祷每对母婴都能幸福平安
爱的路上有你
我们随时撒种，随时开花

我们的宗旨是"以人为本，以病人为中心"
我们的理念是"仁心仁术，专业专注"
我们的人才观是"员工成长，医院发展"
我们的目标是"国内一流，国际知名"

2006 年，宝安区委区政府作出英明决策
整体搬迁宝安妇幼保健院至宝安新中心区
在市、区两级政府的高度重视下
在宝安区政府的大力支持下
十年来，累计投资 11 亿元用于区妇保院新院建设
2016 年 8 月 1 日，宝安中心区新院揭幕运营

一艘占地 3.8 万平方米，建筑面积 10 万平方米
病床数 1000 张的医院航母破茧而出
这是我院发展史上的一个里程碑
这是深圳医疗卫生史上的一次华丽蝶变

我们的领导是领航员
引领西部航母迎来前海第一缕晨曦
我们的领导是志愿者
周六周日穿上红马甲
带着义工队
走进医院服务区
走进每一个孩子和母亲心里
我们的党员走进西藏林芝
走进墨脱县和察隅县
在雪域高原书写大爱
我们的医生和护士
走进新疆喀什
用实际行动践行党的群众路线

我们对口扶持的格桑花班
在青海落地生根
50 个孩子，50 朵美丽的格桑花
76 名医者，76 种亲人的爱在发芽

青海的格桑花种子
也在宝安妇幼找到爸爸妈妈

我们心中的职业信条是
救死扶伤、廉政廉洁
我们承诺
用无私奉献支撑起弱小生命
用亲人般的爱善待每一个妇女儿童
生命在这里诞生，幸福从这里启航
我们来自深圳宝安
我的名字是宝安区妇幼保健院

游

狮子岛诗三首

沙滩

沙，比想象中的还细、还白
抓一把
眼前就有无数微粒
一生也数不清
大海内心的柔
像轻沙
从指尖漏出风之絮语

惠州 摄于 2017 年 2 月 19 日

狮子岛滩头
一切都是轻的
轻沙、轻舟、轻风、轻雨
甚至一对对年轻旅者
赤脚试探
沙世界的窃窃私语

贝壳

海的沙漏，遗忘了一粒粒生命
软体世界，奉献另一种坚强
沙螺尖长
纹路从不枯萎
回旋年轮
倾听小螺号故事

女孩，双月湾珍珠
苗条风，无需追浪
便可俯身大自然馈赠
轻拣
一串串饰品，一串串风铃

惠州狮子岛 摄于 2017 年 2 月 19 日

狮子岛

惠东半岛双月湾，风光旖旎
狮子大开口，水中横霸几十亩
腰身开阔
该绿的都绿了
景点开发中
轮渡，永远在路上
与岛屿隔空瞭望
唯激情能赶走寂寞
与狮子合影
跳将起来，背景是静躺的狮子
360 度海景全武行
誓把狮子踢翻
静立合影，背景是静躺的狮子
与闭目养神的狮子无二

狮子岛海岸线，少女般腰身
远方客，一批接一批
徒步、涉水、拾贝、吹风、踏浪、烧烤

拍汽车广告，写爱情誓言
小雨催人回
海景虽无敌
10 多公里外发电厂大烟囱
谋杀了多少美景

惠州狮子岛合影 摄影 / 李智杰

阳朔，偶遇一克拉的夜

阳朔之夜
青山多突兀，绿入天穹
一克拉明月
撩不起乡愁
山挡道，街拐角
疑天堑接驳西街
店名皆姓雌
刘姐、谢姐、三姐

国际西街，漫溢漓江味道
摩肩接踵
艳遇，从钢管舞滑落
摇不碎的青春
从门缝感受
神秘，从未走远
阳朔，那曾经碾过我风骨的夜

只想静静陪你发呆

四月，我在黄姚等你
静静的，没有艳遇
只有发呆的空气
慢慢地
走进黄姚邮局
邮寄一打"发呆"明信片
也邮走一份纯真
门口的纯真年代，免费
与妹妹留影
旗袍里的青春
苗条蔓延

黄姚古镇 摄于 2016 年 4 月 17 日

黄姚豆豉，古镇老巷老茶
老店老人老手艺
灯笼映红青石板
二姑娘客栈
枯藤、老树、新叶、新芽
心事随风
这里只闻花香，不谈悲伤
听隔壁的小妹
打鼓、画画、吹陶笛

游

龙川，有我们心连心的兄弟

宝安的云彩
勾勒一条深圳哈达
古老的龙川
有与我们心连心的兄弟
古城无须多言
佗城何须忆起
松林下，古道旁
铁匠的步伐
走过一段回家的路

青山如黛
高速路，拉近了距离
今夜，捧起大碗
小梅沙、车田豆腐
铭记川深两地情
酒香四溢
文艺交流的花
次第开放

赵佗像

你从中原走来
走过战马萧萧的远古时代
50 万大军
百战成王，和辑百越
英气直逼蓝天
手执书，佩宝剑
祥云处
皆是汉越融合的好日子
以诗书化同俗
以文化定岭南
一个创历史的佗时代
一个百岁不古的"开发岭南第一人"

佗城骑楼

佗城，骑一匹亚热带骏马
驰骋在百岁街
一条长廊，跨越古今
客家人的根
在佗城，在骑楼下
那秦砖汉瓦
那唐宋风沙
已催亮了千家万户

摄影 / 黄滨娜

179 个姓，几多家国故事
古老中原风
在岭南大地生根发芽
同一屋檐下
有一群
吃百家饭，识千字文
汉越睦邻友好
勤劳勇敢的龙川人

守候，那一抹昏黄

深圳湾大桥
一次次把蓝天拉近
地平线的脸
偷偷躲进云端
白云降落
惊醒一朵朵裸梦

桥上，斜织的五线符
轻弹浅唱
缆绳
扬起水手风帆
搭载盛夏梦
沐浴霞光
桥墩，扎紧马步练习
不畏酷暑寒冬
风雨无阻

桨声光影里的昏黄
熠熠生辉

电线杆

一对对孤独的倩影

等暮色褪去

心里的那抹亮色

为夜独舞

为伊守候

小东江即景

挥别喧嚣，静静地
与晨光依偎
一段曼妙时光
随晨雾下坠
渔舟轻泛
朦胧了蓝天白云
湘之小东江
宛如一段轻纱

透过美人蕉粉项
摄一帘夏梦
指尖芦苇
低垂纤青美景
江面，静成一叶孤舟
你摇橹，我撒网
胸前画过梦幻弧线
船舱低垂
能盛几米阳光
晨归，满载一曲船歌

平峦山，偶遇一场斑驳梦

九月九，登高与敬老
生命中两桩美事
重阳登高，打铁趁热
户外大旗一挥
一路秋色立正

秋刚起步，人已气喘吁吁
7 号登山道
一个叫兔儿的，趿着拖鞋
屁股后面深圳通卡
跟着做兔儿跳
写着一个小小"跩"字
她笑，风也笑了

平峦山是一个蜘蛛王国
大蜘蛛拉起八卦阵
列队相迎
一群罕见而硕大的物种

萌生横七竖八遐思
算是蜘蛛网给人类的启示录

秋赶走了闷热
也赶走了蜘蛛和蚊虫
登高，拾级美
美景、美人和欢声笑语
沉闷时，倾听花开声音
花为媒，折花枝
女的头戴一朵黄花
成了黄花闺女
男的耳背插花
成了童话花童

一路登高，一路寻找
蜘蛛在哪里
心里一个声音在呼喊
不负众望
靠陡坡林中

游

一个大蜘蛛横在夜色中
腰肢乌黑而粗长
一动不动，一个似曾相识的梦
这梦好圆，好陡，好俏
平峦山，偶遇一场斑驳梦

四季，总一种凄美滑落

四季，总一种凄美滑落

春，鸟鸣来不及低飞
清晨
已追随露珠心愿
躺成雏枝

夏，惊雷来不及震落
燥热
已随雨滴情丝
丰盈成海

秋，一亩秋词飘零
秋之信使
来不及拥抱绿意
便枯萎成葬花

冬，雪花下在睫毛上
每粒都轻盈饱满
不压弯残冬
不融化泪珠儿

深圳宝安创业路 摄于 2017 年 7 月 11 日

相约旗袍

一段秦汉织锦，接受山水邀约
那羞涩的唐宋诗篇
绷紧了两座山峰的袍衣
山峦苍翠而挺立
歇息于流韵曼妙中
开衩的春光
咀嚼一匹端庄大气的野马
雪白在草原上奔驰
那心灵颤动的风景
正好盛满一池江南山水
不淡，不浓
好一幅水墨中国
不紧，不慢
写意一本国粹春秋

芭堤雅，有风筝的念想

天
蓝进你的眼眸
海
涌进你的心胸
赤子弯弯的思念
漫过芭堤雅蔚蓝海岸线
金沙岛风筝
系在故乡心头的绳结
无论飘落何方
始终逃不出海的掌心

夜与梦

一个人的夜，灯光不眠

墙上倒挂旧光阴

看书和写字，打发陈年旧事

累了，就缩回影子里鬼混

无视壁虎飞檐走壁，注目吐舌

人和动物，是各自的变色龙

夜，蜕去彩色外衣

苟且活在各自影子里

互不打扰。壁虎和我一样饿成厉鬼

深夜才做各自疯狂事

弱肉强食时代，窗纱担心蚊子会饿死

而蚊子完全不担忧我的清贫

黑夜飞越了沧海，飞不出蚊子的掌心

一摊热血，命运多舛

又是一个月黑风高的夜

一个人的夜，困顿得很

眼睛一闭，便跌落云里

云端黑白分明，住着神仙眷侣

她，浅笑娇羞，身纤貌美

他，温文儒雅，轻声细语

唯见阡陌交通，车马代步

天上人间，四季如春，以为世外桃源

她，溪水旁照镜梳洗

他，山那边水库抒情写意

她，唱一曲情歌给晚霞

他，弹一首恋曲给繁星

这里没有雾霾、废气和交通阻塞

只有花鸟虫鱼，鸡鸣狗吠

一个人的夜，在梦里沉醉

黑暗的尾巴割碎了黎明

夜已沉沦，谁来唤醒

十月，粉红的回忆

一只脚迈入十月版图
一只脚迈进祖国秋天
千山万水
爱的旗帜飘扬
鲜红覆盖秋黄
华夏大地
爱的秋韵流动
雄鸡地图
数着 960 万平方公里的心跳
母亲胸膛
颤动一首欣欣向荣的生日歌
嘀嗒嘀嗒
68 年了
你的腰身已滚烫滚烫
十月，秋的收获
十月，红色歌唱
十月，属于你，属于我
属于你我中国

深圳 摄于 2017 年国庆前

骨髓，有一种传承叫国学经典

华夏文明，有一种传承叫国学
上下五千年
一匹文字骏马奔驰
马蹄铿锵
匍匐，听经典口吐莲花
花开的声音
绕秦砖汉瓦，漫唐诗宋词

母亲骨髓，有一种经典叫汉诗
桃之夭夭，灼灼其华
一首窈窕的诗
投我以桃，报之以李
一首感恩的诗
少年智则国智，少年强则国强
一首字正腔圆的诗

黄河之水天上来
黄河，一首汹涌澎湃的诗

滚滚长江东逝水
长江，一首酣畅淋漓的诗

父亲骨髓，有一块福田叫方块字
它，根植血脉
长盛不衰
它，逐鹿中原
走向世界
它用文字的利刃，收获黄金分割
它的神韵，藏于万千风骨中

有一种传承叫孝德流芳

有一种传承叫孝德流芳
孝，圣洁而清澈
感恩河，掬起父母名字

有一条河永不干枯
河里有父亲的田野
母亲的乳汁

有一种爱深藏骨髓
在一生孝悌中
在一世疼爱中

有一种感动在庐墓
三年跪父，三年跪母
百善孝为先
答案在风中飘

想象中，南粤第五大名园
擎现代文明火种

孝的风帆再次起航

黄氏宗祠香火

袅袅升起孝德之歌

宝安福娃

怀抱一个中国梦

深圳梦

文明梦

孝德梦

辽宁舰，我为你骄傲

9月25日，一个惊涛拍岸的日子
一艘巨无霸扬帆起航
"辽宁舰"，中国第一艘航母
张峥，中国航母第一位舰长
梅文，中国航母第一位政委

轰隆声里有中国海军10年重振雄威的故事
壮阔的蓝海飞越几代人梦想
一颗中国芯裹着坚硬洋装
这是一艘光荣的旗舰

回家，几万里路云和月
歇息，多少年风和雨
起锚，中国巨舰的新长征
曾经的沧桑，百转千回
四年回家路，历尽千辛万苦
从黑海到东海，从大西洋到太平洋
焕发了强大的生命力

舰内舰外，一群志同道合的莘莘学子

在他们坚毅的脸上看到了强国梦
在他们挺拔的身躯中看到了战斗力
在他们深邃的目光中看到了和平梦
这是一艘来之不易的战斗舰

我们期盼中国海军
从这里开始，改写几百年的屈辱史
从这里开始，冲破第一岛链，走向浅蓝
从这里开始，冲破第二岛链，走向深蓝
从这里开始，冲破一切岛链，走向世界
世界不属于强权，只属于善良与和平
属于千千万万热爱和平的国家和人们
这是一艘永不沉没的和平方舟

"辽宁"，即"保辽阔国土安宁"
而船舷号"16"——"吆喽、吆喽"，震天吼的船工号子

它雄浑、响彻云霄
凝聚了 13 亿华夏儿女的呐喊
它壮志凌云，群情激奋

从辽宁号，飞越钓鱼岛、黄岩岛
一曲壮丽的爱国咆哮
一艘打不垮的巨无舰

辽宁舰，中国海军铁打营盘
中国海军义无反顾的机动兵
用热血熔铸中国魂
你是人民子弟兵永不磨灭的海军蓝
辽宁号，我为你高歌，我为你骄傲

骨肉情深，携手同行紫荆梦

1997 回归，结束 156 年伤与痛
香江，流入母亲怀抱
东方之珠，紫荆花如烟花怒放
军港夜，勾勒 20 年回归庆典夜
辽宁舰，从北到南
驶进新时代
驻港部队，保家卫国
庆典，阅兵，气壮山河

回归，20 年风雨同舟
躲过了金融风暴
躲过了"非典"
有家难回的日子已结束
祖国，永远是最温馨港湾

回归，20 年快速发展
香港，全球最自由、最具竞争力的经济体

"一带一路"、粤港澳大湾区建设
大机遇一个接一个

"一国两制"下
马照跑，股照炒，舞照跳
"一国两制"下
不动摇，不走样，不变形
"一国两制"下
骨肉情深，携手同行
"一国两制"下
香港梦，中国梦，伟大复兴梦

游

一粒种子，装一个不平凡的中国梦

100 多年前一粒种子
装一个不平凡中国梦
它
不屈服于旧社会的水泥与钢筋
它
不屈服于封建鸦片迷雾
中山樵坚硬骨髓
在翠亨村
长民主枝叶，开革命之花
反帝反封建旗帜
在南粤大地高高飘扬

一个
中国民主革命先行者
一生
多少次冒险
才换来辛亥革命的成功

2000 多年帝制
土崩瓦解

一个"三民主义"倡导者
一生
经历多少次起义
才能获得成功
广州起义、三洲田起义、镇南关起义、潮州黄冈起义……
一个农民儿子
救国救民于水深火热之中
天下为公，他一生的歌唱
鞠躬尽瘁，他一生的写照
他的遗言
革命尚未成功
同志仍须努力

白水仙瀑，横亘北回归线的一帘梦

南粤，人杰地灵
中华第一瀑
落在一个仙女睫毛
一眨眼
泪珠从 428.5 米高处滚落
一场罕见的水流落差运动
就此展开
山谷天然氧吧
何仙姑馈赠的礼物
泉水叮咚
空气负离子气泡
喷涌一排健康俚语
抬头，一条青蛇横亘
游人尖叫声
把山谷拉得空旷

神奇白水寨
白的是水，蓝的是天

2017 年 9 月深圳作协于广州增城白水寨采风

绿的是草木苍翠
北回归线蝉鸣鼓噪
夏无意歇息
蝉却抢了秋的风头

白水寨瀑布
一帘从天而降的梦
梦雪白灵动
流过夏的尾音
梦清凉
流过沟壑与浅滩
梦随心所欲
打湿女人秀发
飞溅男人肌肤
横亘北回归线的一帘梦

重踏太行山先烈足迹

——2016 年 5 月《光明日报》诗友红色之旅

打马跃过赵树理故乡
我从南方以南的深圳
你从北方以北的黑河
五湖四海的诗友们
用坚定脚步
丈量太行山革命根据地
先辈们殷红足迹
绽放的花骨朵儿
一朵接一朵

红色抗日
八路军挺直太行山脊梁
129 师、115 师……
一把利刃插入敌人心脏
华北敌后抗战，如火如荼
晋冀鲁豫边区
一步一步包围敌人
山西青年抗战决死队
三大纪律，八项守则

2016 年 5 月光明诗友在太行山

太行山，人民的太行山
太行山，抗日的大后方
太行山
全民支援，全家出动
参军参战
与八路军共进退

太行山云烟
飘过抗日战争、解放战争
太行精神
一盏明灯照亮后人
土地改革运动
新民主主义社会
历史前进的脚步
一直有太行人的光辉业绩
改革开放的今天
党的旗帜下
太行精神
依然发扬光大

梅林诗歌（5首）

梅林新貌

历史，躲进梅林掌纹中
摊开梅林历史，几百年枝叶飘零
沟壑记忆，随战火发酵
贫瘠已风吹雨打去
勤劳勇敢的梅林人
新人辈出
抗日火种越烧越旺
革命者鲜血
引燃一路红花绿叶
凤凰花
红了又绿，绿了又红
梅林旧貌换新颜
一栋栋新楼，掩映其中
四通八达的日子
化作一首首客家民谣
唱响梅林碧水蓝天
唱响梅林新生活

走梅林绿道

透过树枝，送夏天两朵絮语

一朵属于蓝天

一朵属于白云

眼眸一只蝉音展翅

无数蛛网贪恋夏日

日子斑驳

小暑裸露小蛮腰

绿道一路勾引

三五铁友彳亍

口哨长出繁枝

小鸟与蓝天对上暗语

深圳改革开放 30 年枝繁叶茂

梅林二线关清泉

向夏天播送佳音

游

平凡脚步，走伟大行程

平凡脚步，能走出伟大行程
坐地铁9号线，穿梅林水库
一路蝉鸣，一路鸟语
晨练脚步
走一条通天野径
赤脚踩试鹅卵石
酸痛感觉
蝉不懂，鸟不理

现代城市人
不缺温饱，却缺运动
亚健康人
藏手机，戴耳机
走进大自然
闭目倾听草长莺飞

虫豸唧唧

蜂蝶呢喃

汗水流大地

坚持就是胜利

7 个钟徒步

累了，喊喊山的乳名

梅林坳、塘朗山

山谷回响

深圳塘朗山 摄于 2017 年 7 月 9 日

梅林老手艺人

勤劳的客家手工艺人
一双巧手编织美好生活
织带穿梭
呼吸熟悉的围裙味道
旧时
五颜六色的手工艺品
养活了多少贫寒家庭
手工艺代代传承
记忆着往事
日子数着清贫

夏天，凉爽的风
从祖先迁徙地吹来
凉帽，挡一片热辣阳光
任白云在指尖滑过
古铜色的脸
经四季风雨检阅

任人生沧桑，任岁月蔓延

所有喜悲

从脸上一条一条阅读

汗水沉淀的收获

从笑意中挥发

一个老手艺人

仁慈、温暖、闲悠、与世无争

让梅林时光慢下来

三圣宫庙会

庙会日，郑氏锣鼓
奏一曲喧天梅林
香火袅袅上升
百姓的日子日渐红火
越点越旺的风火轮
捎来邹、黎、石三圣福音

三圣宫庙会
跨越抗日的马蹄声
走过硝烟弥漫的革命战争
黎明前的下梅林
褪去了阴霾
200 年间一回首
三圣宫几次重修、迁徙
梅林公园
一个山清水秀的地方
藏着一份虔诚
一份美好
生活赠予的不只是祈祷
更多的是
风调雨顺、国泰民安

大鹏组诗（5首）

大鹏，衔一粒山海明珠

传说，插上大鸟翅膀
大鹏，衔一粒山海明珠
历史清澈见底
抓一把，掌心便溢满古老词条
奇山、礁石、珊瑚和海蚀岩
一串串大自然饰品
迎来七仙女粉项
海的女儿开启鸟瞰模式
白鹭写意浪花
大鹏湾潮湿字典里
130多公里最美海岸线

（注：山海文化角度）

地质公园，一座大鹏时光博物馆

大鹏，一只侏罗纪火鸟
地质公园，一座大鹏时光博物馆
古生物化石，攀登深圳第二高峰
七娘山，七座美丽传说
大鹏每一条褶皱，都有一条红色哈达
1.35 亿时光，平铺 50.87 平方公里绿带
1105 种植物，嫁接阳光、海浪、火山岩
恐龙脚步，着力分割山水
海底、沙滩、平原
记忆涛声，推波助澜
冲积地、丘陵和低山区
每一丝纹理，都清晰可见
历史，一次次被海蚀改写
拱桥、窗、柱，岬湾式地貌
跟着大鹏地质公园博物馆脚步徜徉

（注：旅游、古迹文化角度）

大鹏，一片任你翱翔的净土

大鹏，一片任你翱翔的净土

四分之一深圳海域

轻触北纬 22°38′ 的那朵浪花

二分之一深圳海岸线

带动东经 114°24′ 的一只风帆

中国最美海岸线

包裹深圳最后一块桃花源

葵涌、大鹏、南澳

三个街道，三块净土

亚热带季风，数着七娘山传说，数着排牙山伟岸

数着玫瑰小镇浪漫，数着较场尾秘密花园

数着东西涌穿越，数着杨梅坑和海柴角

607 平方公里辖区面积

数着古建筑群，数着福田世居和长安世居

数着龙岩古寺，赖恩爵将军第和刘起龙将军墓

302 平方公里陆域面积，数着古老故事

数着国家地质公园，数着咸头岭遗址

数着侏罗纪火山灰，数着 2 亿年本内苏铁花

305 平方公里海域面积，数着现代文明与健康
数着艺象 iD TOWN 国际艺术区，数着深圳大鹏马拉松
数着大鹏湾游艇，数着大鹏国际风帆赛

25 个社区，10 多万大鹏人，数着 1656 种野生植物
数着大鹏湾红树林，数着坝光村银杏树
数着桫椤、银叶和乌檀

130 多公里海岸线，数着大鹏百分比
数着大鹏半岛 76% 森林覆盖率
数着大鹏半岛国家地质公园 98% 的森林覆盖率
数着超过 50% 珊瑚群覆盖率
数着野生植物占深圳市的 70%、广东省的 26.4%
陆生脊椎动物占深圳市的 44.8%、广东省的 26.3%

（注：从魅力大鹏角度）

大鹏所城，筑一首首民族英雄赞歌

深圳，响亮世界的名片
大鹏所城，响亮深圳的文化名片
鹏城，一个属于深圳，源自大鸟的名字
从这里溯源、起飞和超越

城墙，铭记一个个民族英雄名字
赖恩爵、赖信扬、赖恩锡、刘起龙、刘黑仔
大鹏所城，著名将军村
赖姓三代五将，牢记深圳历史最旺家族
宋朝杨家将、清代赖家帮
巴图鲁英名远扬

大鹏所城，留600多年抵御外侮的赞歌
明清抗倭、抗葡、抗英，中华民族旗帜高高飘扬
大鹏所城，海防军事要塞
外扼守珠江口，保家卫国
内设左营署、参将府、守备署、军装局、火药局

保鹏城一方安宁

大鹏所城，深圳八景看你古老神韵
关帝庙、赵公祠、天后庙，黎民安居乐业的平安符
龙井、赖府、刘府、护城河，百姓固若金汤的法宝
哭嫁歌、打醮歌、客家山歌，戴一顶客家凉帽行走古村落

（注：从红色历史角度）

较场尾，送一桌免费发呆

较场尾，一个可以免费发呆的港湾
较场尾的沙，粗且扎
扎你赤脚，扎起一条跳跳鱼
较场尾的沙，细且柔
细得你足底忘记蓝天与白云
柔得一盘女性温柔，轻掠海平面

较场尾客栈，一屋静好时光
僻静得，可以偷偷打包阳光、空气和海风
较场尾客栈，发呆免费，轻声细语免费
老板端上一桌好时光
喝酒、打牌、听轻音乐
较场尾客栈，邂逅婉约故事
5A 级景区村落，等云到
400 栋民宿，等风来
一碗清茶，一个慵懒午后
一杯咖啡，一个秘密世界

（注：从"我与大鹏湾的故事"角度）

归

父亲的田野

瞭望田野，沉甸甸的家乡绿
阳光眼眸
温熟了南方最后一亩秋词
禾穗弯腰，与汗水齐眉
季风骑着骏马来了
稻香、蛙声
密谋着一幅蓝图
新农村收获，粒粒饱满
这是父亲的田野
母亲的守望

家乡田野 摄于 2016 年

回乡，跟着妈妈的银丝

自爸爸去世后，清明扫墓
便成为我们子女回家的最好理由
思念的云，飞越几百公里桥和路
亲情，再也不容许你在车上作片刻停留
顷刻，凝聚在地球某个圆心

也许只有在妈妈面前，我们才感到
生命是如此年轻，脚步是如此从容
曾经我们是妈妈的宠儿
妈妈老了，额前鲜活的皱纹连成一条回家路
妈妈的银丝，也柳絮飘飞起来
乡问：无情丝为何总眷恋有情人的头

回家

我想触摸故乡脉搏
和试探二月节日心跳
回家，随亲人目光沸腾
思念，在童年的栅栏上呢喃
妈妈的银丝，拉紧儿女想念的风筝
故乡，一次次呼唤自己乳名
今天终于抵达她的彼岸

离家太久，心事随农事一起荒芜
没有儿时的稻香和蛙鸣
没有爸爸做的糯米粄
其实爸爸慈祥味道
足够温暖我一个又一个寒冬

无人打理的竹子已挤破了头
开花，萎缩，化作一摊黄土
老竹如老人，在逼仄时光尽头

老屋、老树
昨天、今天
时光已老，与流放日子一起走过
故乡已离我太久太久
今天，就在今天，必须今天
收拾行囊，与满列的乡愁一起回家

家乡的竹林

生命水域

母体，孕育了一汪生命水域
十月怀胎
脱离脐带着陆人间
阵痛的母亲
挤干子宫内最后一滴羊水
喜悦泪花
已笑出生命摇篮

世界是如此美好
母乳味道
还挂在褓褓嘴角
歪歪斜斜童年
走来一衣带水小伙伴
小得只能用水枪呼唤乳名
不知不觉
活蹦乱跳的青梅竹马

在鱼虾嘴巴里
吮吸一个又一个淘气背影

如今水域
乡音，已不再纵横交错
河流版图一天天缩小
最后一池秋水
也许会干枯成最后一抹乡愁

归

乡野的风

子夜归，思乡浓
人罕至，脚步匆匆
惊蛙声一片
谁家主人归
引领百犬吠

乡野风，吹满窗
睡意浓，虫豸蝈蝈
伴我好入眠
雄鸡报晓急
扰我南柯梦

木偶

木偶，流放一颗寓言心

木质、木心、木玲珑

智者灵魂

雕刻万千个匹诺曹

童话里

植入诚实、勤劳、善良

一段灵性木

删除傀儡，删除摇摆，删除丑陋

删除贪玩与调皮

蹒跚路

一程生命漂流

森林与海洋

放飞鸟鸣

放飞勇气与忠心

木心不老，入鲨、救父

周游童话世界

望乡

乡路弯弯，燕子啾啾
不认识的小狗紧跟着
一步一回头
闻闻原乡人
谁是阿二，谁是阿狗

机杼声声，流水潺潺
新农村农田多荒芜
杂草无奈
一片寂寞时光路

为什么故乡变得如此不同
当年小河已干枯成水泥路
池塘成石化鱼
逃离野鹤，叼不走
当年玩伴已搬离老屋
群居围龙屋，静默而孤独

梅江，从客家人心坎流过

梅江，从客家人心坎流过
客家人的血
一条亘古不变的河
客家人
吃苦、耐劳
四海为家
骨髓里
一颗勇敢的心

千佛塔
千万次呼唤客家乳名
百花洲
唱一曲秦淮河上的客家歌谣
祖祖辈辈南迁故事
——被中国客家博物馆
收藏

客天下
开疆拓土，筚路蓝缕

归

天下客家是一家
同饮梅江水
共喝客家酒
梅州，世界客都
梅江，客家之水

"伟彬"的注脚诗

我背着一个名字行囊行走江湖
在深圳与故乡之间，跋山涉水
这名字，只能砌一间不起眼的客家围屋
古旧张氏庭院
一半是故乡砖，一半是深圳瓦
几十年来，打捞身上所有词语
唯有亲恩最难忘
一个农民儿子，父母给不了诗意名字
父亲说，"伟"，平凡而伟大
多么质朴的愿望
彬，是我自己改的，读小学时
感觉有林有木有礼就成
反正不能成大器
比"斌"好写，比"宾"草根就好
父亲包容，就盯"伟字辈"

归

原来也是一个血浓于水的宗族排名
锄头无须诗意，能翻土就行
流汗无须诗意，有收获就好
真实，简单，自然的我
梦里江南"伟彬"好

故乡河

秋之挽歌

父亲走了，一个慈祥仙鹤掠过家乡云眉
父亲放养老水牛含泪嘶鸣着
日夜追赶那只仙鹤
牛角上秋天，唱着一首挽歌
父亲名"日祥"，但一生奔波
父亲瘦高，脊梁里能拱起两座泰山
多病的奶奶，懵懂的子女

父亲手长满老茧
触摸过许多艰难岁月
父亲眼睛
小而藏万千仁慈
父亲的脸
寿斑爬行的鱼尾纹
父亲肩膀
挑起家中两条大河

归

一条长江
妈妈避风港
一条黄河
几代人的庇荫河
父亲耗尽了一生
好品德却在生根发芽

桃花，一朵母语在我耳边响起

三月，深圳桃花开了
一朵母语在我耳边响起
母亲生日
门前桃花格外精神
就像母亲笑脸
农历二月二十九，是个好日子
母亲在门前看桃花
我去了光明新区
一个诗歌奖
呼唤我快去快回

1938 年的今天
母亲在抗日硝烟中呱呱落地
常听母亲提起
黄埔军校毕业的一个中国军人
我的外公
带着外婆走南闯北
外婆怀上了，在湖南桃阳
从此，你的名字便接驳了一朵桃花

归

生命种子一路芬芳
一路追随
直到骨髓里
种下五朵桃花童音

三月，家乡的桃花开了
老屋后面，父亲种了一棵桃树
在父亲眼中
母亲就是他生命中最漂亮的那朵
他用男子汉承诺
照顾母亲一生一世
一生只爱一个人
父亲做到了
79 年风霜，母亲头发白了
79 朵桃花，像雪花种在我们眼里
每一朵都难忘，每一朵都圣洁

送母亲一首诗

送你一束花，一束名叫康乃馨的花
只有你，配得上它的温馨
送你一个礼，一个普天下儿女的注目礼
只有你，配得上它的神圣
送你一段话，一段平时羞于说的感恩话
母亲你辛苦了

今天是你的生日，烛光抚平你的皱纹
你那苍老双手
把五彩斑斓蛋糕，切成一片片心形
忍不住把爱意吃进去
母乳味道，在嘴边留白

当生日歌唱响时，你微漏牙缝里
挤出一缕春风，把蜡烛吹成袅袅炊烟
儿女，随风的方向把它捧在手里

归

也把你捂在心里
母亲笑成一朵康乃馨

送你一棵树，一棵可以庇荫的相思树
小时候，你是我们的参天大树
老了，你便萎缩成小树
树高千尺也忘不了根
如果累了你就歇歇脚，那里有夏日阴翳
如果困了你就停停步，那里有你渴望凉风

送你一首诗，一首白发三千丈的诗
诗的春季里春风化雨，那是生命萌芽
诗的夏季里热浪滚滚
再苦再累，都要让生命延续
诗的秋季里硕果累累，有你的汗水与泪水
诗的冬季里温暖依旧，就像母亲怀里
但愿诗的四季里，每一天都有儿女送你的康乃馨

父亲，你有个亲切名字叫爸爸

父亲，你有个亲切名字叫爸爸
无论何时何地，你我牵挂

爸爸是个歌唱家
对客家山歌，吟古老歌赋
教唱"九·一八"
爱国又爱家

爸爸是个书法家
生产队义写春联
义贴春联
高高灯笼，挂你火红的爱

爸爸是个教育家
兄弟，手足比喻
家庭，和气生财不分家
"做事光明又磊落，身正不怕影子斜"
子女最听你的话

爸爸是个孝顺家

归

奶奶跟你过，外婆你牵挂

爸爸是个美食家
精通厨艺
村里村外你主厨
亲朋聚会，你最忙碌

爸爸是个治病土专家
伤风感冒，你拿手
民间偏方传万家

爸爸是个捕鱼家
小河边，竹筌装小鱼
大河旁，捕鱼大网撒
鱼香诱人
一天无鱼，我们不吃饭

爸爸是个武艺家
教散手，练马步

男子百艺，防身有术

爸爸是个种养家
种树，养鱼，养鸡，养猪
里外被人夸

爸爸是个故事家
幽默笑话，吟诗作对
话语不多却健谈

爸爸是个手艺家
竹器加工，帮家补贴
款式、品种，千变万化
搭竹架竹排
竹篓竹箩竹篱笆
圩日前晚，赶工忙
篾刀无灯却听话

竹破一声，脆脆脆
竹片一拉，直直直

归

竹篾一扁，薄薄薄
用刀均匀，牙咬脚踩竹开花

爸爸是个理财家……
爸爸是个慈善家……

说不尽的故事，说不尽的"家"
但愿我们儿女都是自己父亲的宣传家

父爱，串联成一个钱包

父爱，一针一线串联

裁料，上色，贴胶

缝线，打孔，修边

爱无言，亲情需打磨

慢工细活

每一次触摸，都像摸到父亲慈祥的脸

每一层皮夹

都夹裹着父爱

一次手工

便是一次爱的体验

父爱

让钱包多了一种厚度

父爱

让钱包多了一种温度

父爱

让钱包多了一层亲情

父爱

让钱包多了一种暖色

有父亲的日子

家就特别阳光灿烂

有父亲的日子

家的钱包就厚实得多

父亲

一个顶天立地的代名词

他揽紧家的柴米油盐

父爱恩泽

就像一张爱的借贷卡

任儿女透支

不求回报

每一张亲情卡

都记录着

父亲操劳的日日夜夜

四月，风从故乡来

四月，适合怀思
清明，催开扫墓脚步
白色花，淡淡的香，淡淡的思念
家乡桂花、柚子花挂满了树
满是儿时熟悉味道

故乡的风，迷恋空旷田野
蛙鸣跳跃
呼唤萤火虫归来
萤光，漆黑
远方路灯，朦胧了狗吠
夜间游走抓鳝人
戴头灯，穿连体雨靴
捕捉大自然美味
勤劳收获一桌农家菜
浓浓家乡味，醉了四月山水
风，从故乡来
思归人，手握镰刀、锄头
开往祖山、祖墓
青烟袅袅
远山，启动香烛纸宝祭拜仪式

兴宁泥陂合湖永辉农庄 摄于 2017 年 3 月 25 日

蒲葵扇，轻扇妈妈摇篮曲

童年蒲葵扇
轻扇妈妈摇篮曲
有它，再热的天
星星也入梦
有它，再凶的蚊
也折翅逃离
小时候没有空调
也没有风扇
六月酷暑
围龙屋的人出来乘凉
禾坪竹席
横七竖八的小孩
妈妈守护着一首首童谣
扇着赶着
扇得星星眨累了眼

扇得月亮晃白了脸

萤火虫飞过

到处是童话故事

妈妈的蒲葵扇

凉了整个仲夏夜之梦

在妈妈怀里

童年，再也不愿醒来

童年垂钓

故乡河池，古树伸斜
拂水成天然排筏
哥俩赤膊跨上童年马驹
并排了一个钓鱼时光
一个挥竿，一个举蕉叶遮阳
鱼上钩，压弯了阳光
鱼篓满载，独木晚斜阳

六一，旗帜下的花朵

童年的酒窝是绽放的花蕾
一只蜻蜓飞过
激起生命的涟漪
那浅浅的笑
越过了春天海岸线
夏的凉风快步接驳少年天真

六一天空
红领巾直抒胸臆
少先队员挺直腰身
与蓝天一起宣誓
每一片鲜红旗帜后面
都是一首庄严的赞歌
祖国的花朵，骑着木马
与年轻的梦一起展翅高飞

中秋，打捞一笼月光给故乡

中秋，月色躲进云隙
故乡很远
朦胧了亲人目光
故乡很近
一个孔明灯就可抵达
今晚，打捞一笼月光
一笼问候
瞄准故乡方向
但愿所有美好
都能圆梦
但愿所有的美梦
都能找到风的方向

童年，山那边有个太阳

童年，一条静静小河流淌梦的心田
一叶扁舟满载童年希望
快乐波浪有序地打着节拍
摇曳在潺潺清流中
偶尔激起幸福浪花
惊吓淘气鱼儿
鱼儿如离弦之箭
瞄准有梦地方飞去
也许我们的方向是一致的
都朝着山那边的太阳

累了一天的太阳不紧不慢地往山下爬
余晖披彩霞
船儿慢慢，细水长长
水草曼妙，蜻蜓点水逆流而上
彩燕翻飞你追我赶
童年如诗如画，如影随形
晚霞绘就一张张羞涩粉脸

归

童真映红了岸边悠闲小蜗牛
也感染了路边蒲公英
童年心路已留下一串串粉红色回忆
牧笛悠扬，也许
夕阳下的每个童年
都有过如此幸福音符奏响

夕阳西下晚霞陪
沉落是为了托起新的辉煌
山那边太阳每天都是新的
童年，每天都有一个彩色梦想跟着太阳飞翔

偶遇，在二十年后某个拐角

小尘轻拂，岁月模糊了双眼
二十年光阴
只能安放一对纤秀乡音
商场玻璃窗
轻易穿过童年拐角
邻家小伙伴
一场美丽的偶遇
静静的
紫色余晖里
互唤一声乳名
他乡已是故乡

归

思乡曲

家乡，是游子挥之不去的名字
星空，朝着家乡方向闪烁
不经意，思念已融化成滴滴泪珠
在异乡沸腾
想家味道，苦涩而热烈
远离故土，理由各不相同
也许要问深圳多情的星星
也许要问家乡笑我的月亮

离乡背井之人，为赚一点零头
如觅食鸟飞越苦海
乡愁，也许是一沓沓行将贬值的钞票
乡愁，也许是一间蜗居小屋
遥看寸土寸金繁华，栉比鳞次大厦
俨然海市蜃楼
川流不息车流，神马浮云般飘过

只能就近体味蜗居故事

乡愁，也许是节日最浓挂念
喝一壶浊酒，润吻那乡音
明月让我饮尽那乡愁，我没有理由拒绝
那晃眼烈酒，渗入一个男人骨髓
忘却那不堪回首。来
与往事干杯，同流年再见
祈求秋月，送一首歌谣与我共枕同眠

故乡田野

后　记

　　时光飞逝，转眼间，已远离家乡 27 年，在深圳谋生的时间已远超待在家乡的时间。来深圳后，前 10 年的我是个打工仔，把最好的青春交给工厂，交给流水线，交给 250 吨日式冲床；后 10 年是老实经营的个体户，在店铺，过着朝八晚十二的忙碌生活。2013 年关了经营 10 年左右的店铺，重回打工行列，替银行跑过 POS 机业务，2016 年专职于深圳"打铁"文艺社。

　　2011 年 6 月，因为生意惨淡，就尝试写点东西。自接触到文字，接触到诗歌，感觉体内紧绷的弦已经放松。通过文字，通过诗歌，自己可以更多地收获精神层面的东西，更多地融入大自然中去。以前，感觉自己的生活很单一，运动轨迹无非在深圳与粤东老家之间。

　　打工很忙，有过一个月加班 174 个钟的记录；开店铺很忙，除了春节与亲人团聚，其他时间都在值守着。心累了，看书看报，几十年如一日。性格内向的我，向往"诗和远方"，向往自由自在的生活，而写作就给了我这样的机会。几年来，写诗几百首，作品有发表，也有获奖。

　　写作路上，自己是幸运的。2012 年写的非虚构作品获得自己写作生涯的第一个万元大奖，2016 年获《光明日报》"诗意·故乡"大赛一等奖。但我自己知道，自己的写作水平还有待提高，诗歌写作水平还有很大的提升空间，所以有空我就会写诗。相信勤能补拙，多写了自然会进步，甚至有所收获。

感谢生活，感恩写作路上的许多良师益友。我将尽最大努力，贡献自己更多的好作品，留存丁点的文字记忆。

张伟彬

2017 年 10 月 18 日

故乡客家围龙屋 摄于 2013 年 3 月 31 日